Heiles Land

Die Deutsche Bibliothek – CIP-Einheitsaufnahme

Kahn, Sepp: Heiles Land : Roman /
Sepp Kahn. - Schwaz : Berenkamp, 1994
ISBN 3-85093-042-4

Gedruckt mit freundlicher Unterstützung

des Amtes der Tiroler Landesregierung (Kulturabteilung)

KUNST TIROL KULTUR

des Bundesministeriums für Unterricht und Kunst, Wien

ISBN 3-85093-042-4

Umschlaggestaltung: Peter Stöckl
Druck- und Bindearbeiten: Athesia-Tyrolia Innsbruck
Gedruckt in Österreich. Printed in Austria. Imprimé en Autriche

Sepp Kahn

Heiles Land

Roman

Berenkamp

Inhalt

1. Kapitel:	Nette Leute	7
2. Kapitel:	Saison	35
3. Kapitel:	Abrechnung	67

Nette Leute

Mein Name ist Bartholomäus Schuss. Ich bin ein unscheinbarer Bürger von Sankt Franzen.

Unsere Gemeinde ist nicht groß. Sie hat bloß 1.300 Hektar Fläche und 1.123 Einwohner. Bei der letzten Volkszählung waren es jedenfalls so viele. Heute werden es ein paar mehr sein. In der Saison sind es viel mehr. Wir sind nämlich im Aufschwung.

Derzeit ist nicht viel los bei uns. Die Gasthäuser haben geschlossen, den Feierabend verbringt man gezwungenermaßen daheim.

So auch Herr Tschurischnigg.

Er hat eine brave, fleißige Frau. Sie hält das Haus sauber, und sie haben ein großes Haus. Sie kocht, putzt und bügelt. Und redet nicht viel. Und doch ist Herr Tschurischnigg meistens schlechter Laune, wenn er zu Hause ist. Natürlich auch heute. Heute allerdings hat er einen Grund dazu.

Herr Tschurischnigg sitzt im Wohnzimmer vor dem Fernseher. Über eine Stunde schon. Als er von der Arbeit nach Hause kam, hat er seine Aktentasche sofort in den versperrbaren Teil des Wohnzimmerschrankes gestellt und abgeschlossen. Katharina, seine Frau – seit zehn Jahren nennt er sie nur mehr Kath –, hat ihm das Bier gebracht und beim Einschenken darauf geachtet, daß sie das Glas richtig hielt; damit eine schöne Blume entstand. Dann hat sie angefangen zu kochen.

Die Tschurischniggs essen immer um 19 Uhr. Wehe, wenn Kath auch nur fünf Minuten zu spät mit dem Kochen fertig werden sollte! Vor zehn Jahren war ihr das das letzte Mal passiert.

Drei Tage später war sie damals wieder aus dem Spital entlassen worden. Sie hatte nachher erzählt, sie habe sich die Platzwunde am Kopf und den Schlüsselbeinbruch bei einem Sturz über die Kellerstiege zugezogen.

* * *

Herr Tschurischnigg sitzt also vor dem Fernseher. Und denkt nach. Er denkt darüber nach, wie es passieren konnte, daß dieses Geschäft heute nicht zum Abschluß gekommen ist. Alles war so perfekt vorbereitet gewesen. Und dann hat dieser Trottel nicht unterschrieben. Obwohl er es bereits zugesichert hatte – fast zugesichert hatte. Warum nur hat er nicht unterschrieben?

Diese Frage schwirrt Herrn Tschurischnigg immer wieder durch den Kopf. Obwohl der Fernseher läuft, sieht Kurt – mit Vornamen heißt Herr Tschurischnigg so – nicht, was läuft. Er muß sich bemühen, die Dinge klarer zu sehen. Den ganzen Nachmittag hat er sich schon darüber geärgert. Und nirgends abreagieren können. Weil er allein war.

* * *

Da war die lange Rückfahrt mit dem Auto. Dann traf er auch im Büro niemanden mehr an. Also fuhr er nach Hause.

Ein Anruf während der Heimfahrt – seit zwei Jahren besaß Herr Tschurischnigg ein Autotelefon und würde es um keinen Preis mehr hergeben – hellte dann seine Miene etwas auf. Nicht, daß ein neues Geschäft in Aussicht stand, nein, aber der Anruf lenkte ihn ein wenig ab. Es war Judith.

Seit einem halben Jahr kennt er sie nun. Bei der Weihnachtsfeier im letzten Advent haben sie sich kennengelernt. Sie haben jedes Jahr eine kleine Feier, er war jedoch zum ersten Mal mit dabei. Kurt weiß bis heute nicht, weshalb er sich entschlossen hatte hinzugehen. Auf alle Fälle war er da. Sie waren an die fünfzehn oder zwanzig Leute aus dem ganzen Bezirk. Auch Frauen. Einige arbeiten in dieser Branche, andere sind die Gattinnen von Kollegen. Kurt hatte nichts zu Kath gesagt, daß auch sie eingeladen gewesen wäre. Sie wäre wohl auch nicht mitgegangen. Sie sind während der letzten zehn Jahre nie mehr zusammen ausgegangen. Seiner Frau gefällt es daheim gut – und ihm geht sie nicht ab. Über die Phase, daß „der eine ohne den anderen nicht sein kann", sind die Tschurischniggs längst hinaus ...

Kurt saß also bei dieser Feier. Und langweilte sich. Die obligate Rede wurde gerade geschwungen. Er kostete vom Glühwein. Einige labten sich an den selbstgebackenen Keksen, die in zwei großen Schüsseln auf dem Tisch standen. Ob sie überhaupt selbstgebacken waren? Aber – es interessierte ihn eigentlich gar nicht. Er aß sowieso keine. Hat auch nie – ausgenommen vielleicht als Bub – welche gegessen und wird wohl auch nie eines essen!

Dann setzte sich diese Frau neben ihn. Kurt ließ sich anfangs nur widerwillig in ein Gespräch mit ihr ein. Allmählich aber begann ihm ihre Art, so wie sie sich gab, zu gefallen. Sie schien tatsächlich ganz anders zu sein. Ganz anders als seine Frau. Sie trafen sich dann öfter, fanden immer mehr Gefallen aneinander und gehen nun auch zusammen ins Bett. Sie sehen sich regelmäßig. Judith muß allerdings Vorsicht walten lassen. Sie ist – „auf dem Papier" – noch verheiratet. Kurt tut sich da leichter. Kath fragt nie etwas und merkt auch sonst nichts. Er würde es auch gar nicht gerne sehen, wenn sie die Frechheit hätte, ihn zu verdächtigen oder über derlei Dinge zu befragen. Sie tut es auch gar nicht. Kath ist – auf gewisse Weise – eine „gut zu habende" Frau. – Auch sonst ahnt wohl niemand etwas von Judith und ihm.

Anfangs, in den ersten Jahren ihrer Ehe, hatte ihm Kath öfter Schwierigkeiten gemacht, war eigensinnig gewesen und wollte immer ihren Willen durchsetzen. Langsam aber, so mit der Zeit, hat er ihr dann „die Schneid" abgekauft.

Und jetzt rief Judith an: „Kurti, es geht am Donnerstag doch, Fritz kommt erst am Freitag heim. Holst du mich ab, um neun Uhr, oder?" – „Ja, ich hol' dich ab um neun", sagte er. „Ich muß dir auch etwas Wichtiges erzählen …"

Sie redete noch ein Weilchen, doch Kurt hörte nicht mehr richtig zu. Erstens mußte er sich auf den Verkehr konzentrieren, und zum zweiten mußte er sich auch sonst in acht nehmen.

Judith wurde ihm allmählich zu zutraulich, wollte ihm alles erzählen und begann, Pläne zu schmieden. Pläne über ihre gemeinsame Zukunft. Kurt ist sich nicht sicher, ob er überhaupt soweit gehen will. Er muß jedenfalls auf der Hut sein. Womöglich will sie nur an sein Geld heran. Man weiß es ja nie, bei den Frauen …

* * *

Doch jetzt – daheim vor dem Fernseher – drängt sich diese eine Frage wieder in sein Gehirn. Warum hat „er" nicht unterschrieben? Und plötzlich überfällt ihn ein Gedanke, ein schmerzlicher allerdings. Er versucht, ihn zu verdrängen, als lächerlich abzutun. Doch langsam, aber stetig, wächst der Gedanke zur fixen Idee, erfüllt ihn mit einem dumpfen Zorn. Ja – genau so muß es sein! Es kommt ihm vor, als lichte sich ein Nebel in seinem Kopf. Dieser verdammte Trottel hat bereits unterschrieben! Kurt haut mit der Faust auf das Tischchen: „Er hat schon unterschrieben!"

Das Bierglas hüpft etwas in die Höhe und fällt um. Langsam tropft das Bier vom Tischchen auf den Teppichboden. Kath schaut verängstigt herein, erschrickt und zieht es dann vor, sich langsam wieder in die Küche zurückzuziehen. Er bemerkt sie gar nicht. In solchen Momenten ist es immer besser, nicht anwesend zu sein. „Aber, bei wem hat er unterschrieben, bei wem?“ Kurt beginnt, scharf nachzudenken. Und seine Miene verdüstert sich zusehends.

Das sind die Tschurischniggs; nicht gerade die glücklichsten Leute im Dorf.

* * *

Dann sind da die Gebrüder Sackl. „Autozubehör Gebrüder Sackl“ steht auf einem Schild neben der Auslage.

Sie haben das Stallgebäude des alten „Joch-Toni“ gemietet. Zuerst haben alle über „diese Narren“ gelacht. Heute lacht keiner mehr. Die zwei Burschen – die Bezeichnung „Burschen“ trifft nicht mehr ganz zu, jetzt sind sie „Herren“ – bauten innerhalb weniger Monate das ganze Gebäude um, zogen eine Zwischenwand ein und brachten alles, wo früher Kuhdreck und Jauchengestank vorherrschten, auf Hochglanz.

Wenn das der alte Toni noch sehen könnte! Obwohl – Toni war ein Viehnarr und hätte vielleicht gar keine Freude gehabt an den Dingen, die jetzt in seinem Stall feilgeboten werden. In seinem früheren Stall. Denn jetzt sieht es nicht mehr nach Stall aus. Wahrscheinlich würde dem Toni auch der vertraute Stallgeruch fehlen.

* * *

Aber Toni kann es nicht mehr sehen. Er liegt seit drei Jahren unter der Erde. An einem kalten Wintermorgen war er von der Frau des Schuldirektors gefunden worden. Die war etwas früher als sonst zum Schulgebäude gegangen, um noch etwas vorzubereiten – und sah da etwas liegen. Zuerst blieb sie verdutzt stehen. Einen kurzen Moment lang dachte sie, Kinder hätten am Vortag einen Schneemann gebaut und dann umgeworfen. Bei näherem Hinsehen wurde ihr aber unheimlich zumute. Sie begriff langsam, daß da ein Mensch lag. Tot. Erfroren. Sie wollte schon den Schnee wegräumen, unterließ es dann aber. In der Nacht hatte es gut zehn Zentimeter geschneit, anfangs sogar zweimal gedonnert, anschließend geschneit und in den Morgenstunden aufgeklart. Klirrende Kälte war in das Tal eingefallen.

Die Frau des Direktors erschauderte ein wenig. Wahrscheinlich handelte es sich um einen Menschen von hier. Und sie würde ihn womöglich kennen. Langsam wandte sie sich zum Gehen, ging immer schneller, lief schließlich die letzten Schritte bis zum Schulhaus und verständigte von dort aus die Gendarmerie.

Bis die Gendarmen eintrafen, dauerte es ungefähr zwölf Minuten. Wir werden vom Nachbarort aus mitbetreut, benötigen selbst auch gar keine eigene Gendarmerie. Es wohnen ja nur nette Leute bei uns – und sonst paßt auch alles!

Das Gendarmerieauto traf mit Blaulicht ein und hielt zwischen dem kleinen Anwesen des „Joch-Toni" und dem Schulhaus. Einige Leute, die zur Arbeit unterwegs waren, blieben erstaunt oder erschrocken stehen, kamen näher heran, schauten – und begriffen (oder auch nicht). Sie gingen weg, verständigten andere und kamen wieder. Es versammelten sich immer mehr Leute. Zuerst tuschelte man nur, doch „Hossl-Ev" getraute sich, die Frage auszusprechen, die alle beschäftigte:

„Wer ist es denn?"

Die Gendarmen antworteten nicht. Weil sie es selbst nicht wußten. Der Tote lag nämlich auf dem Bauch. Direkt auf dem Bauch auch nicht. Irgendwie seitlich, jedenfalls mit dem Gesicht nach unten. Nun kam der Doktor. Die Leute mußten etwas zurückweichen, dann schloß sich der Kreis rasch wieder.

Der Doktor schaute in die Runde, wollte etwas sagen, ließ es dann aber bleiben. Er wußte von vornherein, daß es nichts nützen würde. Er tat seine Arbeit und stellte den eingetretenen Tod fest. Die zwei Gendarmen standen bloß da; sie hatten vergeblich versucht, die Leute zum Weitergehen zu bewegen.

„Der Toni", sagte plötzlich jemand. Der Doktor hatte den Toten etwas zur Seite gedreht. „Der Toni", sagten alle ehrfurchtsvoll. Dann gingen sie zur Arbeit oder nach Hause ...

Es wurde ein schönes Begräbnis, das vom „Joch-Toni". Die ganze Gemeinde, die Vereine, alle waren sie versammelt; und der Bürgermeister hielt eine schöne Grabrede.

„Moit", die Frau vom „Joch-Toni" (sie heißt eigentlich Maria, aber alle nennen sie „Moit"), stand da mit unbeweglicher Miene. Neben ihr die Tochter Amalie mit Mann. Diese hatte Mühe, das Weinen zu unterdrücken und gebrauchte ausgiebig ihr Taschentuch.

Nachher begaben sich die Verwandten und Nachbarn zum Dorfwirt und labten sich am Leichenschmaus. Ein Begräbnis ist eine willkommene Gelegenheit, wieder einmal mit entfernteren Verwandten und Bekannten zusammenzukommen, zu reden und zu diskutieren.

Diskutiert wurde in diesen Tagen viel. In jeder Familie. Und überall waren es dieselben Fragen:

„Warum ist der Toni erfroren?" oder

„War er schon tot, bevor er erfroren ist?" oder

„Warum lag er im Freien?"

Man wußte, daß Toni öfter – abends, nach der Arbeit – beim Dorfwirt ein paar Gläschen getrunken hat. Doch daß er jemals einen Rausch heimgetragen hat, das konnte wirklich niemand behaupten.

Die Fragen beschäftigten die Leute daher sehr. Vom Doktor erfuhr niemand etwas Genaueres. Man munkelte, sie hätten den Toni sogar – wie sagt man da? – „zerlegt"; ist nicht das richtige Wort, aber womöglich haben sie tatsächlich „so etwas" getan mit dem Toni. Vermutlich hatte man die wahrscheinliche Todesursache längst gefunden, doch erfuhr niemand etwas. Und so machte man sich halt selbst seine Gedanken …

* * *

Auch die Familie Schullert machte sich ihre eigenen Gedanken. Frau Schullert, bekannt dafür, daß sie gerne redet, hatte ihre eigenen Ansichten über den Tod vom „Joch-Toni" und tat diese auch überall kund.

„Der Toni ist keines normalen Todes gestorben", pflegte sie zu sagen. Schon durch ihre gebildete Ausdrucksweise hatte sie immer gleich interessierte Zuhörer. Im Geschäft, bei der Postautohaltestelle oder wo auch immer sie dieses Thema aufrollte. „Der Toni war immer gesund – wenn er auch schon 68 Jahre alt war. Er hat nicht gesoffen und war auch sonst ganz normal." Die Leute pflichteten ihr bei. „Eine andere Frage ist aber" – hier machte sie immer eine Pause, um die Spannung zu erhöhen -, „die Frage ist, warum hat Moit, seine Frau, überhaupt nichts bemerkt? Nichts davon, daß er in der Nacht nicht zu Hause war, und auch nichts davon, daß er in der Früh nicht aufstand, um die Kühe zu füttern?"

Auf solche Gedanken und Fragen wären viele der Zuhörer von Frau Schullert von selbst gar nicht gekommen. Aber nun, da sie ausgesprochen waren, beschäftigten sie doch jeden.

Ja, warum hatte Tonis Frau nichts bemerkt? Das war tatsächlich eigenartig und kaum zu glauben. Und wenn sie doch etwas gemerkt hatte? Warum hatte sie nichts unternommen? Was war überhaupt damals vorgegangen, in dieser Nacht? Man begann Moit, die bisher als nette Frau gegolten hatte, zu meiden.

Nur ganz wenige in der Gemeinde wußten – und die dachten wahrscheinlich auch nicht mehr daran –, daß Frau Schullert in jungen Jahren in den Toni verliebt gewesen war. Bis der Toni die Moit geheiratet hatte.

Vierzehn Tage nach Tonis Tod verkaufte Moit die drei Kühe, zwei Monate später verpachtete sie das Feld und dann vermietete sie den Stall an die Gebrüder Sackl.

Der Tod Tonis und die Umstände, die dazu führten, blieben weiter ein Rätsel. Und langsam begann auch Gras über die Sache zu wachsen.

* * *

Es wohnen auch Leute bei uns, die glauben, sie seien wichtige Leute. In Wirklichkeit sind sie es aber gar nicht. Wie zum Beispiel Herr und Frau Hansen. Der Name sagt schon alles. Sie sind Zugereiste; von „da oben" irgendwo. Seit letztem Jahr sind sie hier. Sie fahren gemeinsam zur Arbeit, aber niemand weiß genau, was oder wo sie überhaupt arbeiten. Bei der letzten öffentlichen Gemeindeversammlung hat man Herrn Hansen erst richtig kennengelernt. Jetzt weiß man allerdings, wie man dran ist mit denen. Es gibt ein ganz einfaches Rezept für den Umgang mit solchen Leuten: Gib ihnen recht – aber ignoriere sie!

Dasselbe gilt für Herrn Schiffer. Willy Schiffer. Nicht mit „i" – nein, mit „y"! Unsere Willis heißen alle „Willi" – mit einem normalen „i". Aber Herr Schiffer ist ja auch nicht unser Willi.

Er ist ansonsten ja ein ganz netter Mann. Vor sechs Jahren ist er mit seiner Familie zu uns gezogen. Er hat eine schöne Eigentumswohnung in unserer Gemeinde. Zuerst hatten sie nur eine Tochter, nun, seit einem halben Jahr, haben sie eine zweite. Man sieht sie manchmal spazierengehen. Mit dem Kinderwagen. Öfter wurde schon beobachtet, daß nicht Frau Schiffer – nein –, daß Willy den Kinderwagen schob. So einer ist das also!

Inzwischen weiß man etwas mehr von ihm. Er arbeitet als kleiner Abteilungsleiter für eine Firma in der nahen Stadt. Er ist

– seine Frau übrigens auch – stets freundlich im Umgang mit anderen Leuten. Und hilfsbereit …

Und doch ist es besser, man läßt sich nicht zu sehr ein mit ihm. Er ist … er ist eben anders. Es wird gemunkelt, Willy Schiffer sei vielleicht sogar ein „Grüner“!

* * *

Einige Bauern gibt es schon auch noch bei uns. Zum Beispiel den „Moritzer“. Er ist einer der größten im ganzen Tal. Nicht von Gestalt, wohl aber vom Besitz her.

Der Moritzerhof war immer schon einer der größten Höfe hier. Dann hat Hias, der alte Bauer – er ist im vorigen Jahr gestorben – den „Rehanger“ planieren und kultivieren lassen. Dadurch können sie nun drei bis vier Kühe mehr halten.

Der „Rehanger“ war früher ein hügeliges, steiniges, mit einigen Bäumen und Sträuchern bewachsenes Gebiet, vielleicht zwei, drei Hektar groß, aber fast nichts wert. Er brachte keinen Ertrag. Zwölf Kälber ließ Hias während des Sommers hier weiden. Bis er sich endlich entschloß und Ernst machte. Jetzt ist der „Rehanger“ ein fast ebenes Feld und wird dreimal gemäht.

Als Buben haben wir auf den höchsten Erhebungen dieses hügeligen Geländes oft „Indianer“ oder „Räuber und Schandi“ gespielt, in den Bäumen auch Hochsitze gebaut. Einmal, wir waren gerade dabei, einen Gefangenen zu fesseln, stand plötzlich Hias, der Bauer, vor uns. Wir hatten ihn nicht herankommen hören. Vorerst schaute er nur und sagte nichts. Wir ließen den gefangenen Buben vorsichtshalber aber doch sofort laufen. Der Hias fragte uns, was wir spielten. Wir antworteten ihm nicht, er sah es ja selbst.

Dann blickte er grimmig zum Hochsitz. Wir begriffen langsam. Wir werden den Hochsitz entfernen müssen – jetzt, wo wir vorhatten, ihn zu einer richtigen Hütte umzubauen!

„Woher habt ihr die Bretter?" fragte er streng und zeigte nach oben. Ja, woher hatten wir sie? Jeder von uns mußte zu unseren „Bauwerken" etwas beisteuern: Nägel, Stricke und auch Bretter. Jeder von uns erinnerte sich, daß wir unten bei der Hütte, wo die Kälber unterstehen konnten, wenn es heiß war oder regnete, ein paar Bretter mitgenommen hatten. Sie waren fast von selber mitgegangen, so leicht hatten sie sich lösen lassen. Und Thomas, der älteste von uns Buben, war ohnehin der Meinung, daß es den Kälbern passen werde, wenn frischer Wind durch die Hütte zieht. Das allerdings konnten wir dem Hias so wohl nicht erklären.

„Wenn mir noch einmal ein Brett wegkommt, reiß' ich euch die Ohren ab!" herrschte er uns an. Wir zuckten zusammen. Doch fast gleichzeitig begriffen wir auch, daß der Hochsitz bleiben konnte. Weil er gesagt hatte: „Wenn mir noch einmal ..."

Dann wandte er sich zum Gehen, drehte sich aber nochmals um und rief: „Daß es mir aber bei dem einen bleibt!" Er deutete nochmals hinauf, und wir wußten, was er meinte. Wir nickten, und so ging er weiter. Wenn er gewußt hätte, daß wir zwei weitere Hochsitze schon fertiggebaut hatten ...

Hier gab es auch Eidechsen und Schlangen. Einmal sahen wir so eine „Lange". Jakob behauptete, das sei eine Kreuzotter. Wir glaubten ihm aufs Wort. Da, zwischen Steinen und Stauden, wird es ihnen gefallen haben. Auch uns gefiel es. Im Herbst war es besonders schön hier. Manchmal sammelten wir Blätter. Nur die schönen! Von dem alten Ahorn lagen am meisten da. Schön rotgefärbt waren auch die Hagebutten, aber dornig die Zweige, auf denen sie wuchsen.

Ja, das war der „Rehanger". Den hätte unser „Grüner", der Willy, sehen sollen. Er hätte sich ganz sicher hingesetzt – vor die Schubraupen. Aber das war alles vor seiner Zeit ...

Und jetzt ist der Junge Bauer. Georg. Er wird „Schorsch" genannt und ist auch ein guter Bauer. Derzeit hat er 34 Kühe (und gut 20 Stück Jungvieh). Er hat außerdem die Felder von zwei Bauern gepachtet. Bei dem einen besteht die Aussicht, daß er das ganze Anwesen zu kaufen bekommt. Es rentiert sich heutzutage nicht mehr richtig bei den kleineren Bauern …

* * *

Ein ganz wichtiger Mann in unserem Dorf ist Herr Zickler. Er ist Unternehmer. Was er genau unternimmt, weiß zwar niemand genau, aber Unternehmer ist er jedenfalls. Er ist an vielen Unternehmungen beteiligt. Auch soll er einige Häuser besitzen und Grundstücke. Zickler wird so an die 60 Jahre alt sein, ist ein eher kleiner, aber breiter Mann und hat eine Glatze, was aber nichts besagen soll. Er ist verheiratet, seine zwei Kinder sind schon erwachsen und fortgezogen. Er soll grob mit ihnen umgegangen sein. In der Öffentlichkeit aber gibt er sich als ganz umgänglicher Mann. Trotzdem ist es besser, man hat ihn nicht zum Feind. Herr Zickler hat „viel zu sagen" bei uns. Vor zwei Jahren hat das der „Arbeit-Naz" erfahren müssen.

Seinen Spitznamen hat Naz bekommen, weil er nicht gern arbeitet. Er säuft lieber. Er säuft nicht dauernd, aber er trinkt immer wieder. Deshalb war er nie lange angestellt bei einer Firma, obwohl er ein guter Maler war. Dann ist er eines Tages vom Gerüst gestürzt und hat sich ein paar Knochen gebrochen. Jetzt ist er in Frühpension. Ja, Naz hat schwer draufgezahlt mit Herrn Zickler. Warum sie wie „Hund und Katz" zueinander stehen, weiß bis heute niemand genau. Doch wenn man die Begebenheit von „damals" weiß …

* * *

Naz erbte von seinen Eltern ein kleines, altes Häusl. Dazu gehörten noch zirka 2000 Meter Grund, auf dem einige Obstbäume stehen. Das Gras, das unter den Bäumen wächst, mähte früher immer der „Joch-Toni“ für seine drei Kühe. Und diesen Grund wollte Naz verkaufen. Er erkundigte sich bei der Gemeinde und erzählte schon allen, daß der Verkauf bevorstehe und auch ohne Schwierigkeiten über die Bühne gehen werde. Auch Herr Zickler wollte das Grundstück haben. Es liegt fast mitten im Dorf.

Aber dem Zickler hätte es der Naz nie verkauft! Es gab ja noch andere Interessenten ...

Naz schwelgte in herrlichen Träumen, was er mit dem vielen Geld anfangen werde ... Sicher, einen Großteil benötigte er, um die Schulden zu begleichen. Ihm war zwar nicht bewußt, weshalb und wie es dazu gekommen war, aber er hatte Schulden. Große Schulden. Jedoch nicht mehr lange. Und mit dem restlichen Geld würde er sich einmal richtig vergnügen, die „Sau herauslassen“! Naz mußte mit sich selbst lachen. Sein Lebtag hatte er gespart und sich nichts vergönnt. Nicht einmal geheiratet hat er. Weil Naz davon überzeugt war, daß eine Frau ihn nur ausgenützt und das Geld verschleudert hätte. Aber jetzt würde er alles nachholen. Vielleicht sogar einmal nach Hamburg fahren. Er hat schon oft von „diesem“ Stadtviertel gehört. St. Pauli – oder wie es heißt ...

Und dann kam alles doch ganz anders. Plötzlich hieß es, das Grundstück könne nicht verkauft werden, nicht das Grundstück allein! Der ganze Grund mit dem Häusl darauf, das ginge. Aber für so dumm durfte man den Naz auch nicht halten. Sein eigenes Häusl verkaufen, sozusagen den Ast absägen, auf dem er selber saß! Was dachten denn die sich eigentlich! Naz geriet völlig aus dem Häuschen und gab sich nun erst recht dem Alkohol hin ...

In den nüchternen Stunden, die jedoch immer seltener wurden, dachte er nach, warum alles so gekommen war. Warum man ihm beim Gemeindeamt mitgeteilt hatte, das mit dem Verkauf gehe nun doch nicht (und vorher wäre es möglich gewesen!?). Allmählich kam ihm der Verdacht, Herr Zickler könnte das alles gesteuert haben. Der Verdacht wurde ihm zur Gewißheit, und ohnmächtiger Zorn erfüllte ihn. Diesem reichen Affen würde er es heimzahlen. Richtig heimzahlen! Aber wie?

Das war vor gut zwei Jahren. Im letzten Herbst wurde das Grundstück des „Arbeit-Naz" samt daraufstehendem Häusl versteigert. Den Zuschlag erhielt Herr Zickler. Naz lebt nun in einem Altenwohnheim. Es soll ihm gutgehen …

* * *

Größere Betriebe gibt es bei uns nur wenige. Viele Leute gehen in der nahen Stadt zur Arbeit, einige – eben Bauern – sind in der Landwirtschaft beschäftigt und etliche – gar nicht so wenige – leben vom Fremdenverkehr, sind in den drei Hotels und sechs Gasthöfen angestellt. Die Wirtschaft floriert bei uns, und die Leute sind zufrieden. Die meisten wenigstens.

Einer, der zu den Unzufriedenen gehört, ist Martin Loser. Er hat vor einem Monat seinen Arbeitsplatz verloren. Bei „Tom's-Hundemüsli" hatte er gearbeitet. Diese Firma besteht seit drei Jahren. Gegründet hat sie Herr Geist. Thomas Geist ist ein Jungunternehmer. Bei der Firmengründung wurde er von der Gemeinde kräftig unterstützt.

Herr Geist ist ein schöner Mann. Ein sehr schöner Mann! Er hat viel Erfolg bei den Frauen und war auch schon sechs Monate verheiratet. Dann jedoch nicht mehr. Man sagt, er habe mehrere Freundinnen …

Mit seinem Betrieb aber ist er in Schwierigkeiten. Nicht, daß seine Produkte keinen Absatz fänden – Hunde werden immer gehalten und für ihr Wohlergehen auch große Aufwendungen gemacht. Nein, am Absatz lag es nicht. Acht Mann hatten bisher genug zu tun. Aber vielleicht ist Herr Geist zu wenig Geschäftsmann. Jedenfalls wurden jetzt zwei Mann eingespart. Einer davon ist Martin Loser. Er hat daheim eine kleine Landwirtschaft. Genauer gesagt, seine Schwiegereltern. Martin Loser stammt nämlich aus der Nachbargemeinde und hat bei Schirhaggls eingeheiratet.

Frau Hedwig Schirhaggl – jetzige Frau Loser – ist durchaus keine Schönheit. Zuerst glaubte man, sie werde ledig bleiben. Was niemanden verwundert hätte. Bei dem Aussehen …

Einmal machte sich das Gerücht breit, sie „gehe" mit dem jungen „Moritzer". Da dürfte aber der Alte ein Machtwort gesprochen haben. So eine Kleinhäuslerin – die Schirhaggls hatten nur zwei Kühe – paßte wohl nicht auf seinen großen Hof. So kam nie ans Tageslicht, ob an dem Gerücht etwas Wahres dran war. Und dann hat sich die Hedwig den Martin gefischt. Das war vor sieben Jahren …

* * *

Es war Frühling. Beim Nachbarn renovierte man das Haus. Der alte Putz wurde heruntergehackt, die alten Fenster herausgerissen und neue eingesetzt. Dann waren zwei Maurer dabei, das Haus neu zu verputzen – ein älterer Mann und ein junger.

Der junge hieß Martin. Drei Jahre lang war er schon bei dieser Firma; er hatte bereits ausgelernt. Und nun verputzen sie also dieses Haus. „Diese zwei Maurer packen gut an", sagte man. Es ist bei uns nicht so, daß eine Baustelle nicht auffallen würde. Man wunderte sich, woher der „Klotzer" überhaupt so viel Geld hatte, um die Renovierung zu finanzieren, und zweitens hatte man jetzt – es war Zwischensaison – genug Zeit, Allfälliges zu beobachten. Also ging mancher ein bißchen „schauen", unter anderem auch zum „Klotzer".

Auch bei den Schirhaggls schaute man. Allerdings vom Küchenfenster aus. Zwischen den beiden Häusern ist ein Abstand von zirka sieben Metern. Besonders viel Zeit zum „Schauen“ hatten die alten Schirhaggls. Sie wechselten einander dabei ab. Wenn Mitzi kochte oder sonst etwas zu tun hatte, schaute Max, ihr Mann. Sonst umgekehrt. Manchmal schauten beide. Dabei kamen sie sich aber ins Gehege, denn es gibt auf dieser Seite nur ein Fenster, das kleine von der Küche aus. Und zu nahe am Fenster wollte man auch nicht stehen; das gehört sich nicht. Und außerdem hätte man von draußen gesehen werden können. Also wechselten sie einander ab.

Einmal nahm Mitzi – nur zum Spaß – den Spektiv. Der liegt immer griffbereit da, schließlich will man ja nichts übersehen. Mitzi blickte also durch den Spektiv. Es war aber zu nahe, und sie sah den Mann nur verschwommen. Wahrscheinlich war auch das Glas des Küchenfensters mitschuldig. „Dann eben nicht“, sagte sie und legte den Spektiv wieder beiseite.

Dieser junge Mann interessierte sie langsam ein wenig. Vormittags – sie kehrte gerade vor dem Haus das Pflaster – hatte er herübergeschaut und dann, wie zum Gruß, die Hand gehoben. Auch sie hatte die Hand gehoben, war danach aber über sich selber erschrocken. Sofort blickte sie sich um, aber niemand schien etwas bemerkt zu haben. Der junge Mann ging ihr nicht mehr aus dem Kopf. Nicht, daß Mitzi selbst nach ihm gelüstete – nein! –, sie hatte genug Männer gehabt und auch genug mitgemacht mit ihnen. Aber sie bräuchte einen Schwiegersohn. Hedwig, die Schirhaggltochter, war immer noch allein. Obwohl sie schon bald 23 war. Wenn sie abends heimkommt – Hedwig arbeitete nachmittags als Gehilfin beim „Speck-Graser“ –, wird sie ihr einen „Wink“ geben, nahm sich die Mutter vor.

* * *

Hedwig Schirhaggl hatte keine leichte Kindheit. Nicht, daß es ihr an Materiellem gefehlt hätte. Ihre Eltern waren nicht arm und liebten sie auch wirklich. Zudem war sie das einzige Kind. Allerdings – sie hat einen Fehler, der sie ihr ganzes Leben hindurch verfolgt. Einen Fehler, der sich nicht beschönigen und schon gar nicht reparieren läßt – Hedwig hat eine zu große Nase.

Sie war ein ganz normales Mädchen mit einem umgänglichen Wesen, bekam es jedoch bald zu spüren, daß sie eine Ausgestoßene war. Keines der anderen Kinder wollte mit ihr spielen. Und wenn sie es doch einmal taten, wurde sie wegen ihrer Nase gehänselt. Sie hatte deshalb viel geweint als Kind. Zuerst konnte sie lange nicht verstehen, warum sie anders sein sollte. Später bekam sie mit, warum es so war. Sie betrachtete sich öfter im Spiegel – und konnte den kleinen Unterschied kaum erkennen. Es war auch kein großer. Aber es war einer da. Und das tat weh. Zeitweise vergaß sie den kleinen Unterschied und war ein vergnügtes Mädchen. Bis sie wieder daran erinnert wurde. Von den anderen ...

Hedwig wuchs heran und bekam ein hartes Wesen. Sie wurde immer wieder auf ihre Nase angesprochen, aber der Spott glitt an ihr ab. Es konnte sie niemand mehr hänseln damit. Nur Petra, eine ehemalige Schulkollegin, brachte es einmal zustande, daß Hedwig die Fassung verlor. Petra bezahlte dies allerdings mit einem zerkratzten Gesicht.

Die Burschen interessierten sich nicht sonderlich für Hedwig. Erstens war ihr Gesicht durch die Nase tatsächlich ein wenig entstellt, und zweitens würde jeder Bursch, der sich mit ihr einließ, von den anderen ausgelacht werden. Obwohl Hedwig sonst einen tadellosen Körper hatte. Einen sich herrlich abzeichnenden Busen, dazu schönes, langes, dunkles Haar. Mancher Bursch spielte insgeheim mit dem Gedanken, ihre Nase für eine Stunde zu vergessen.

So einer war wohl auch Schorsch, der Sohn des „Moritzer-Bauern“. Hedwig aber schwebte plötzlich im siebten Himmel;

sie war nun eine Frau. Bald bekam sie jedoch die harte Realität zu spüren. Als sich Schorsch nach dem einen Mal nicht mehr sehen ließ, ging sie in ihrer blinden Verliebtheit sogar zum Moritzerhof hinauf. Sie traf Schorsch mit seinem Vater beim Holzabschneiden. Er stellte sich so, als kenne er sie gar nicht und schaltete nicht einmal die Kreissäge ab. Da begriff sie. Zuerst ging sie – solange sie im Sichtweite war – langsam zurück. Doch dann begann sie zu laufen, immer schneller, und als sie zu Hause ankam, sperrte sie sich in ihr Zimmer ein. An jenem Tag brauchte Hedwig nichts mehr zu essen.

Am nächsten Morgen wirkte ihre Miene härter. Die Mutter machte sich Sorgen um sie. Große Sorgen. Schon gestern, als Hedwig ihr Zimmer nicht mehr aufgesperrt hatte. Und jetzt – „Es ist nichts", sagte Hedwig auf eine Weise, daß Mitzi es nicht mehr wagte nachzufragen. Aber etwas mußte passiert sein.

* * *

Und nun verputzte dieser junge Mann das Haus der Nachbarn. Er war Hedwig gestern schon aufgefallen, als sie aufstand. – Sie brauchte nicht früh aufzustehen, weil die Eltern die beiden Kühe versorgten und ihr Dienst erst am Nachmittag begann. Sie blieb kurz am Fenster stehen. Als der junge Mann heraufsah, wurde ihr bewußt, daß sie außer ihrem dünnen Nachthemd nichts anhatte. Sie trat einen Schritt zurück.

Und heute stand sie wieder oben am Fenster und schaute zu dem jungen Mann herunter. Er sah sie und winkte ihr zu. Hedwig winkte zurück und blieb noch ein Weilchen stehen. In ihrem dünnen Nachthemd …

Viele Gedanken gingen ihr durch den Kopf. Nach der Enttäuschung mit Schorsch – sie kam sich so ausgenützt vor – hatte sie sich vorgenommen, nie mehr mit einem Mann etwas anzufangen. Womöglich wollte ein nächster auch nur das eine …

Aber da war dieser Mann da unten. Schaute immer wieder in ihre Richtung. Ihre Gefühle wurden hin- und hergerissen. Auch nachmittags, während der Arbeit.

Sie mußte putzen, ordnen, abwaschen, putzen. Viel lieber hätte sie die Wurst- und Speckwaren verkauft. Hedwig hatte früher schon zwei Jahre beim Kramer als Verkäuferin gearbeitet, war dann aber entlassen worden. „Wenn mich immer die da bedient, komm' ich nicht mehr", hatte die „Hossl-Ev" gedroht. Und nicht nur die Ev. Das hatte schließlich zu ihrer Entlassung geführt. – Jetzt gibt es den kleinen Laden gar nicht mehr. Er hat „aufgehaust" ...

Und dann konnte Hedwig beim „Speck-Graser" zu arbeiten beginnen. Als Hilfskraft. Von da an putzte sie nachmittags. Sie gewöhnte sich nur langsam an diese Arbeit. Aber ihr war längst klar, daß sie ihr ganzes Leben nie in der ersten Reihe stehen werde.

Dann erschien dieser neue Specklieferant. Hedwig hatte ein wenig Angst vor ihm. Einmal war sie beim Putzen des Bodens so in ihre Arbeit vertieft, daß sie ihn nicht eintreten hörte. Plötzlich griff ihr von hinten jemand unter den Kittel. Im ersten Moment war sie starr vor Schreck. Dann richtete sie sich auf, mit dem Schrubber bewaffnet, und drehte sich um. „Was hast du denn?" fragte der Mann scheinheilig und lachte frech. Sie fand keine Worte, mußte aber bedrohlich ausgesehen haben, denn langsam verdrückte er sich. Das hat sich vor drei Monaten zugetragen.

Plötzlich fiel Hedwig etwas ein. Etwas, das sie sehr bedrückte. Sie hatte bisher nie darauf geachtet, gestern nicht und auch heute nicht. Wie weit war das Nachbarhaus schon verputzt? Womöglich werden sie gerade fertig, und der junge Mann arbeitet morgen schon auf einer anderen Baustelle! Ohne daß sie auch nur ein Wort miteinander gewechselt haben würden! Plötzlich überkam sie eine solche Sehnsucht, daß sie im ersten

Moment sofort heimlaufen wollte. Sie zwang sich dann aber, zu bleiben und ihre Arbeit zu tun.

* * *

Mitzi hatte lange nachgedacht, wie sie ihrem Mann klarmachen könnte, daß dort drüben beim Nachbarn womöglich ihr zukünftiger Schwiegersohn arbeitete – wenn alles richtig eingefädelt würde …

Auf lange Erklärungen wollte sie verzichten. Mitzi war klar, wie begriffstutzig er war. Aber sie hatte einen Plan. Einen guten Plan. Das Weitere müßte sich dann von selbst ergeben. „Die Gartenmauer ist beim Umfallen", sagte sie zu ihrem Mann. „So ein Maurer, so ein fleißiger, wie die zwei beim Nachbarn drüben würde eine neue sofort aufgebaut haben."

Ihr Mann schaute so verständnisvoll drein, wie sie es erwartet hatte. Sie überging daher die Argumente, die sie sich in Gedanken zurechtgelegt hatte, und sagte in bestimmendem Ton: „Ich gehe nun hinüber und frag' sie, ob nicht einer von ihnen an einem Wochenende Zeit hätte." Und dann geschah das Unfaßbare. Etwas, das sie ihrem Mann nie zugetraut hätte; diese geistige Schärfe – er mußte kombiniert haben. Wohl zum ersten Mal, seit Mitzi ihn kannte! Er sagte nämlich: „Frag' den jüngeren – das wär' der richtige Schwiegersohn."

Mitzi war ein paar Sekunden sprachlos. Das passierte selten. Dann schauten sie einander an. Er schmunzelte. Nun wußte sie, daß er nicht nur auch auf diesen Gedanken gekommen war, er hatte sie auch durchschaut! Jetzt konnten sie ganz offen miteinander darüber reden.

Nach reiflichen Überlegungen kamen sie überein, nicht die Gartenmauer neu erstellen, sondern im Stall eine kleine Mauer aufziehen zu lassen. Zwischen den Kühen und dem Gang befand sich jetzt nur eine Holzplanke, da konnte es nicht schaden, etwas Stabileres hinzusetzen. Außerdem war diese Stelle von außen nicht einzusehen.

Wie aber sollten sie das der Tochter beibringen? Sie war den Männern gegenüber abweisend – seit damals, als etwas vorgefallen war, das sie innerlich verletzt haben mußte. Einen Versuch aber war der junge Mann jedenfalls wert. Mitzi ging hinüber, den jungen Mann zu fragen.

* * *

Auch Martin hatte keine unbeschwerte Kindheit verbracht. Auch er hatte einen „Fehler". Einen kleinen. Aber er war eben auch da: Martin stotterte. Er war von seinen Mitschülern oft ausgelacht worden deswegen. Wenn er sich besonders bemühen sollte oder etwas aufgeregt erzählte, war es besonders arg.

Martins Behinderung war jedoch behebbar. Er suchte jahrelang einen Logopäden auf – auch noch nach dem Schulabschluß. Der hörbare Erfolg festigte langsam sein Selbstbewußtsein. Dann erlernte Martin den Beruf eines Maurers und war nicht unzufrieden mit seinem Leben. Nur – richtige Freundin hatte er keine. Er war nur selten unterwegs mit seinen wenigen Freunden. Und wenn, dann fühlte er Mädchen gegenüber sofort wieder seine frühere Unsicherheit. Doch Martin war felsenfest überzeugt davon, früher oder später „der Richtigen" zu begegnen. Und das mußte nicht unbedingt in einer lauten Disko sein.

Gestern schon war ihm das Mädchen im Nachbarhaus aufgefallen. Und wie! Es stand dort oben am Fenster. Nur mit einem dünnen Nachthemd bekleidet. Er konnte darunter deutlich die Knospen ihrer Brüste erkennen. Dann aber trat die junge Frau zurück. Er schaute öfter hinauf zum Fenster, sah aber nichts mehr von ihr. Am frühen Nachmittag sah er sie noch einmal. Sie ging in die andere Richtung.

Während des ganzen Nachmittags mußte er immer wieder an sie denken. Und heute stand sie wieder oben. In ihrem dünnen Nachthemd, blieb auch stehen, als er hinaufschaute. – Sie war wunderbar. Er hob die Hand und winkte ihr. Sie winkte zurück. Eine Frau, die vor dem Haus aufkehrte, winkte ihm ebenfalls. Sie glaubte wohl, sein Gruß gelte ihr. Martin mußte schmunzeln. Gleichzeitig durchströmte ihn ein Gefühl, das er bisher nicht gekannt hatte. Schuld daran war das Mädchen da drüben. Es war stehengeblieben und hatte ihm zurückgewinkt!

Martin verputzte an diesem Tag nicht so schön wie sonst. Der ältere Maurer knurrte ihn zweimal an. Er war gewohnt, daß Martin seine Arbeit sauber ausführte. Heute war das nicht der Fall. Wer weiß, was in den gefahren war! Es war die Liebe, die Liebe zu diesem Mädchen, zu dieser wunderbaren Frau.

Am Nachmittag war sie fortgegangen. Wohin ging sie überhaupt? Seine Gedanken kamen immer wieder auf diese Frau zurück. Dann – plötzlich überkam ihn ein schwerer Gedanke: Morgen würden sie hier mit der Arbeit fertig sein und wieder auf eine andere Baustelle kommen. Heiß durchfuhr es ihn. Und das Mädchen? Er mußte es unbedingt kennenlernen. Aber wie?

* * *

Am späteren Nachmittag kam Frau Schirhaggl herüber. Schaute ihnen ein Weilchen zu und lobte ihre Arbeit. Dann – sie wandte sich bereits wieder zum Gehen – fragte sie ihn wie zufällig im Vorbeigehen etwas. Etwas, das Martin in Hochstimmung versetzte – nein, es war noch viel mehr als eine Hochstimmung. Martin empfand es als das Höchste! Sie fragte ihn, ob er nicht an einem freien Wochenende bei ihnen drüben (dort, wo „sein“ Mädchen wohnte!) eine Maurerarbeit ausführen könnte. Martin mußte seine Gefühle erst einmal ordnen. Die Frau glaubte, er zögere, und bemerkte, daß sie gut zahlen würde. Martin wollte schon andeuten, daß er dies auch umsonst gemacht hätte, besann sich aber rechtzeitig und sagte: „Das wird sich schon machen lassen.“ Sie einigten sich, daß er nach Beendigung der Arbeit noch kurz hinüberkommen sollte. Es wurde ein langer Nachmittag für Martin.

* * *

„Er ist nicht gesprächig“, sagte Mitzi zu ihrem Mann, als sie wieder heimkam, „aber er kommt.“ Nun hatten sie viel zu tun. Die Planke neben den zwei Kühen mußte abgerissen werden. Sie war noch gut erhalten, und der junge Mann könnte der Meinung sein, daß sie noch lange gute Dienste leisten würde (was wahrscheinlich auch der Fall gewesen wäre), und ihnen womöglich abraten, etwas Neues aufbauen zu lassen. Und damit wieder verschwinden!

Die Kühe glotzten erstaunt, als die beiden mit Hacke und Sapin erschienen und zu werken begannen. Sie waren in ihrer Ruhe gestört, standen auf und stellten sogar das Wiederkäuen ein.

* * *

Martin schwebte wie auf Wolken. Er saß in der Küche der Schirhaggls bei Kaffee und Honigbrot. Die Frau hatte nicht nachgegeben, also trank er zuerst den Kaffee. Dann sollte er sich die Arbeit anschauen.

„Flora, die eine Kuh, hat sich wild aufgeführt“, erklärten sie ihm, und die Begrenzung, eben diese Planke, niedergetreten. Nun stünden sie da – beide schon alte Leute – nur eine einzige Tochter hätten sie. Und die würde eine solche Arbeit nicht zustande bringen. Dazu bräuchten sie einen Spezialisten, einen wie den Martin. So unterhielten sie sich. Er wurde gefragt, woher er komme und so weiter …

Gern hätte er zwischendurch eine Frage über die Tochter angebracht – was oder wo sie arbeitet –, doch auffallend sollte es auch nicht sein.

Dann gingen sie in den Stall. Er war klein, aber sauber. Nur im Gang – mitten auf dem Gang – befand sich eine frische, runde Kuhflade. Flora hatte die plötzliche „seitliche“ Freiheit genützt und getan, wozu die Natur sie drängte. „So passiert es nun laufend“, sagte der alte Mann, und Martin sah ein, daß dem abgeholfen werden mußte.

Mitzi war im Haus geblieben. Jeden Moment konnte Hedwig nach Hause kommen, und sie wollte nicht, daß die Tochter unvorbereitet auf den fremden Mann in ihrem Haus traf. Sie könnte erschrecken.

Martin erklärte inzwischen dem alten Mann, was er zum Umbau benötigte. Bretter und ein paar „Kantling“ für die Schalung, Schaldraht, Nägel, Beißzange, Wasserwaage und einen Meterstab werde er selbst mitbringen; und dann halt noch Sand, Zement und eine Mischmaschine und eine Schaufel. „Es wird alles dasein“, sagte der alte Mann. Dann wandte er sich seinen zwei Kühen zu und redete mit ihnen. Daß sie schön seien, gut Milch gäben und gleich ihr Futter bekommen würden. Dann streichelte er sie.

Martin spürte, daß der Mann an seinen Kühen hing. Dann gingen sie wieder ins Haus.

Sie kam gerade bei der Haustür herein. Martin durchfuhr es ganz heiß. Die junge Frau blieb stehen und wirkte ein wenig erschrocken. Martin wollte sie grüßen, brachte aber kein Wort hervor. Sie war so schön …

Da kam die Mutter aus der Küche, blickte besorgt zur Tochter und stellte die beiden kurzerhand vor. „Hedwig“, sagte sie, „heute hat sich im Stall etwas ereignet, weshalb wir einen Maurer brauchen. Da hab' ich einfach den jungen Mann, der beim Nachbarn drüben arbeitet, gefragt, ob er uns nicht helfen will.“

Dann herrschte kurzes Schweigen. „Martin", sagte sie nun – beim Kaffeetrinken hatte sie nach seinem Namen gefragt – „das ist Hedwig, unsere Tochter." Nach ein paar Sekunden fügte sie hinzu: „Ihr werdet euch noch nie gesehen haben."

Martin schaute unsicher zu dem Mädchen, das Mädchen unsicher zu ihm. Sie sagten nichts, verstanden sich aber. Dann reichte er ihr die Hand zum Gruß, und sie gab ihm die ihre. Ein warmes, herrliches Gefühl durchströmte beide bis ins Innerste.

* * *

Martin war nun wieder daheim – und freute sich schon auf den Samstag. Aber nicht etwa deshalb, weil er dann arbeitsfrei hatte, sondern weil er bei Schirhaggls – ein seltener Name – die Mauer im Stall aufstellen sollte. Er fragte sich, wie es möglich war, so viel Glück zu haben. Es war eine Verkettung glücklicher Umstände.

Erstens war anfangs gar nicht festgestanden, daß gerade er und Paul, sein älterer Kollege, auf diese Baustelle beim Nachbarhaus eingeteilt wurden, und zweitens, daß sich die Baustelle ausgerechnet neben „diesem" Haus befand, neben diesem unscheinbaren, kleinen Haus, in dem dieses wunderbare Mädchen wohnte. Warum wohnte es gerade dort? Warum gab es dieses Mädchen überhaupt? Die beiden alten Leute hätten genausogut kinderlos sein können. Oder Buben haben …

Martin konnte lange nicht einschlafen. Er ließ die Ereignisse im Geist noch einmal ablaufen: Paul war nach Arbeitsschluß mit dem Firmenauto nach Hause gefahren, er mit gemischten Gefühlen hinübergegangen. Und dann hatte sich alles so entwickelt, so herrlich entwickelt, wie er es sich erträumt hatte!

Martin schloß die Augen – und sah Hedwig … wie sie im Nachthemd am Fenster stand … wie sie bei der Haustür hereinkam … wie sie sich die Hand gaben …

Er öffnete die Augen und betrachtete seine Hand. Er spürte noch die Wärme ihres Händedruckes. Sie hatte eine so schlanke Hand. Erst jetzt wurde ihm das bewußt. Er hatte sie mit der seinen fest umschlossen – beim Nachhausegehen. Mitzi, die Mutter, hatte ihn überredet, noch ein bißchen zu verweilen, um halb neun war er aber gegangen, hatte fast gehen müssen. Er war ja ohne Auto. Frau Schirhaggl hatte sofort gehandelt und war zum Nachbarn gelaufen. Schirhaggls besaßen selbst kein Auto. Der Nachbar hatte Martin dann wirklich nach Hause gebracht.

„Das wäre ja noch schöner, vier Kilometer zu Fuß heimgehen!" hatte Frau Schirhaggl gesagt. „Ich geb' ihm einen Hunderter, er braucht es nicht umsonst zu tun, schließlich ist es ja unsere Schuld, daß es so spät geworden ist." Ja, so hat sich das alles abgespielt.

Martin sah im Geiste wieder Hedwigs Augen; ihre großen, schönen, braunen Augen. Sie hatten überhaupt mehr mit Blikken als mit Worten gesprochen ...

Erst spät fand Martin seinen Schlaf. Die nächsten Tage kamen ihm vor wie eine Ewigkeit. Endlich war der Samstag da. Martin fuhr los, die Mauer aufzustellen – und „sein" Mädchen wiederzusehen.

* * *

Martin benötigte drei Samstage für diese kleine Mauer. Am Vormittag half ihm Hedwig – und verwünschte die Arbeit, die sie auch Samstag nachmittag verrichten mußte. Die Eltern ließen sich im Stall nie sehen. Am dritten Samstag geschah es ...

Hedwig half Martin, die Schalung von der Mauer zu entfernen. Dabei streifte sie ein Brett, von dem ein Nagel wegstand. Ein kleiner Kratzer auf Hedwigs Knie war die Folge; langsam färbte er sich rot, und etwas Blut trat aus der Wunde. Martin war sofort zur Stelle und reichte ihr sein Taschentuch. Das sollte sie draufdrücken. Dann tat er es aber doch selbst.

Mit der anderen Hand drückte er von hinten gegen ihr Bein. Dann, langsam, begann seine Hand ihr Bein zu streicheln; nicht nur vom Knie abwärts streichelte er sie. Und Hedwig ließ ihn gewähren …

Sie liebten sich auf dem Laub, das zum Einstreuen für die Kühe jeden Herbst unter den Bäumen zusammengerecht wird. Die Kühe waren mit dem Fressen fertig, legten sich nieder und merkten nichts.

So lernten Hedwig und Martin einander kennen und lieben. Das war vor sieben Jahren. Und jetzt ist Martin arbeitslos.

* * *

Ja, und dann gibt es auch bei uns – wie wahrscheinlich überall – ein paar „Spinner". Sie sind nicht bösartig. Der eine singt, ist auch schon öffentlich aufgetreten, der andere malt. Beide bilden sich ein, „jemand" zu sein. Im allgemeinen sind solche Leute ja ganz umgänglich, legen auch kaum jemandem etwas in den Weg. Sie haben halt ihren Vogel. Sollen sie doch singen und malen. Es ist ihnen nicht zu helfen!

Saison

Letzten Donnerstag wurde Frau Tschurischnigg zu Grabe getragen. Viele Leute gaben ihr das letzte Geleit, elf heilige Messen wurden ausbezahlt.

Der Pfarrer lobte die Verstorbene als gute christliche Frau. Das war sie auch gewesen. Und immer freundlich. Obwohl sie nur selten unter die Leute gekommen war.

* * *

Vor ein paar Tagen passierte das Schreckliche! Frau Tschurischnigg fiel vom Balkon. Ihr Mann fand sie. In der Nacht. Er war vorher noch beruflich unterwegs gewesen. Als er sie nicht im Haus fand, trieb ihn eine böse Vorahnung, wie er aussagte, aus dem Haus. Da fand er sie dann. Er holte eine Taschenlampe. Sie lag auf dem Rücken, den Blick starr nach oben gerichtet.

So jedenfalls schilderte es Herr Tschurischnigg der Gendarmerie, dem Doktor und dem Pfarrer. Er hatte alle angerufen. Er wußte schließlich, was sich gehört. Der Doktor stellte einen Genickbruch fest, der Pfarrer gab die Letzte Ölung. Und beide drückten Herrn Tschurischnigg ihr Beileid aus.

* * *

Einige Leute hatten nasse Augen. Frau Tschurischnigg befand sich erst im 49. Lebensjahr, als das Unglück passierte. Sie hätte noch viele schöne Jahre vor sich gehabt. – Aber nein, sie stürzt beim Blumengießen vom Balkon! Sie hatte immer so schöne Blumen – und auch schon Preise gewonnen damit. Vor einigen Jahren war ihr Blumenschmuck als bester im ganzen Dorf bewertet worden. In einer Feierstunde hatten ihr damals die Verantwortlichen der Gemeinde die Hand geschüttelt und einen schönen Blumenstock überreicht. Und heute wurde sie begraben.

Herr Tschurischnigg stand neben dem offenen Grab, sein Blick schien in weite Ferne gerichtet. Es machte ihm anscheinend nichts aus, daß so viele Augen auf ihn gerichtet waren. Etwa drei Schritte entfernt standen noch ein Mann und eine Frau. Man hat sie ab und zu bei den Tschurischniggs gesehen. Wahrscheinlich waren es Verwandte – seinerseits. Kinder hatten sie keine. Herr Tschurischnigg sah nicht schlecht aus, auch jetzt nicht, obwohl er vermutlich ein paar schlechte Nächte hinter sich hatte. Man konnte keine Träne an ihm beobachten. Das erwartete auch niemand. Er war bekannt als ein trockener, nicht gerade zimperlicher Mann. Aber er sah nicht schlecht aus, der Kurt Tschurischnigg – und war jetzt allein. Gar manche Dame ertappte sich bei solchen Gedanken. Auch Frau Schullert.

* * *

Für die vielen Saisongäste ist so ein Begräbnis ein richtiges Erlebnis. Schon beim Einzug in die Kirche werden unzählige Fotos geschossen. Die verschlossenen, düster blickenden, weinenden, von Arbeit und Wetter geprägten und zerfurchten Gesichter der Einheimischen müssen unbedingt auf Zelluloid gebannt werden. Es wird auch gefilmt.

* * *

Als sich der Pfarrer nach der Beisetzung mit den Ministranten einen Weg durch die Menge gebahnt hatte – das Begräbnis war nun aus –, zogen alle Leute noch einmal am offenen Grab vorbei und besprengten den Sarg mit Weihwasser. Nun fanden sich auch die wieder ein, die nach der Einsegnung die Zeremonie verlassen hatten – weil sie zum ersten niemandem in der Kirche den Platz wegnehmen wollten und zweitens ein kühles Bier beim Wirt auch nicht zu verachten war. Aber jetzt waren alle wieder da …

Danach, beim Wirt, ging es laut her. Das Leben der Verstorbenen wurde nochmals aufgerollt. Es waren nicht alles Geladene, die in der Wirtsstube saßen. (Die Ungeladenen bezahlten ihre Zeche selbst.) Noch konnte man nicht einfach zur Tagesordnung übergehen. So ein Unglück! Einfach vom Balkon zu fallen und sich das Genick zu brechen! Das hat es in Sankt Franzen noch nicht gegeben. Und was würde Kurt jetzt allein tun?

Auffallend war gewesen, daß Frau Schullert Kurt die Hand gegeben hatte, um ihm Beileid zu wünschen. Obwohl der Pfarrer gebeten hatte, „von Beileidsbezeugungen am offenen Grabe Abstand zu nehmen“. Sie hatte es trotzdem getan. Das gab natürlich Gesprächsstoff!

Im hinteren Teil der Gaststube saß eine Frau – weit weg vom laut tönenden Herrn Tschurischnigg. Sie war den anderen unbekannt, sodaß sie keiner der mit Kurt trauernden Gäste beachtete. Auch sie aß Suppe und Würstl. Zuerst hatte sie am Leichenschmaus eigentlich gar nicht teilnehmen wollen, war dann aber entgegen dieser Absicht doch ins Gasthaus gekommen: Er, der Kurt, dieser Schuft, dieser elende Schuft, sollte auch ihr Essen bezahlen müssen! Sie hatte seinen Charakter einmal genauer kennengelernt. Seither haßte sie ihn. Sie ahnte und wußte als einzige, wie er mit seiner Frau umgegangen war. Dafür wird er einmal büßen müssen. Die Frau im Hintergrund war Emma, die Schwester der Verstorbenen.

* * *

Das Geschäft der Gebrüder Sackl geht gut. Autozubehör wird immer gebraucht und gekauft. Es sind in Sankt Franzen ja auch viele Autos vorhanden. Und es werden noch mehr. Jede Familie besitzt heute ihr eigenes Auto. Oder mehrere. Wir befinden uns noch immer im Aufschwung.

Hans, der jüngere der beiden, verkauft die Dinger. Er ist ein sehr freundlicher Mensch. Das muß er auch sein, sonst würde ja niemand mehr einkaufen bei ihm. Manfred dagegen ist arrogant, fast brutal. Nicht, daß er jemandem etwas angetan hätte, aber er war ein Jahr fort gewesen. Niemand wußte damals, wo er umging. Einmal hieß es, er sei bei Verwandten in Kanada und arbeite dort. Die Hossl-Ev allerdings behauptete: „Er sitzt!" Zuerst glaubten das nur wenige, denn Ev behauptet öfter etwas, was sich hinterher als Märchen herausstellt. Doch langsam schloß man sich ihrer Meinung an. Aber: Warum saß er?

Man weiß auch nicht genau, was Manfred jetzt tut. Arbeitet er überhaupt etwas? Im Geschäft sieht man ihn nie oder nur selten. Trotzdem fährt er einen neuen 190er ...

Manfred befand sich allerdings tatsächlich bei einem Bruder seines Vaters in Kanada. Er betreibt dort eine große Autowerkstatt. Und Manfred arbeitete ein Jahr lang bei ihm. Dann hielt es ihn nicht mehr. Erstens bekam er Heimweh, und zweitens war die Arbeit nicht sein Traumberuf. Also fuhr er wieder nach Hause. Noch immer war er beteiligt an dem Geschäft für Autozubehör, das er mit seinem Bruder im ehemaligen Stallgebäude des Joch-Toni aufgebaut hatte. Hans kam aber auch ohne seinen Bruder gut zurecht. Auch die Finanzen standen ausgezeichnet. Der Heimkehrer wandte sich einem neuen Beruf zu. Und so kam es, daß Manfred Sackl und Kurt Tschurischnigg Berufskollegen wurden.

Man muß tüchtig sein und keine Chance auslassen! So lautete die Devise, die Manfred nachdrücklich verfolgte. Er bezog eine große Eigentumswohnung etwas außerhalb des Ortes. Sie soll sündteuer eingerichtet sein. Auch seine Freundin ist zu ihm gezogen.

* * *

Es war Abend. Manfred lag gemütlich auf dem Sofa vor dem Fernseher, als das Telefon läutete. Zuerst reagierte er gar nicht; Lori würde – wie üblich – abheben. Da fiel ihm ein, daß sie gerade unter der Dusche stand, und ging selbst zum Telefon. „Sackl", meldete er sich.

„Du verdammtes, dreckiges Schwein! Wenn du glaubst, du kannst mich hinausbeißen, dann hast du dich getäuscht! Das werd' ich dir noch heimzahlen, du Drecksau!"

Ein heftiges Schnaufen war hörbar, dann wurde aufgelegt. Manfred benötigte ein paar Sekunden, um sich zu erholen. Wer konnte das gewesen sein, der ihn auf solche Art beschimpft hatte? Ohne ein aufklärendes Wort. Was sollte die Drohung? Was hatte der Anrufer gesagt? „Wenn du glaubst, du kannst mich hinausbeißen ..." Wen wollte er hinausbeißen? Manfred setzte sich auf das Sofa.

Lori kam aus der Dusche. Sie trocknete sich mit einem Frottierhandtuch ab. Langsam kam sie auf ihn zu. Im Normalfall hätte er ihr das Handtuch abgenommen und sie auf seine Art abgetrocknet, heute aber nahm er sie kaum wahr. Dieser Anruf beschäftigte ihn zu sehr. Wer konnte das nur gewesen sein – und warum? Zorn stieg in ihm hoch. Lori nahm seinen abweisenden Gesichtsausdruck zur Kenntnis und zog sich schmollend zurück.

Da fiel es ihm wie Schuppen von den Augen – diese Stimme konnte nur einem gehören! Das mußte dieser Tschurischnigg gewesen sein! Wahrscheinlich hatte sich der um dieselbe Sache bemüht, Manfred aber schneller gehandelt. Das war allerdings noch lange kein Grund, ihn am Telefon zu bedrohen! Und dann feige aufzulegen. Dieser verdammte Tschurischnigg! Einen Manfred Sackl beschimpft man nicht ungestraft! Ein Manfred Sackl läßt sich immer etwas einfallen, wenn er mit einem feigen Hund abrechnen muß.

Abrechnen wird Manfred aber auch mit der Hossl-Ev, diesem Tratschweib, denn es ist ihm zu Ohren gekommen – und das nicht nur einmal –, daß diese Schlange behauptet, er sei „gesessen". Nicht, daß ihn die Aussage eines kleinen unbedeutenden Weibes geärgert hätte, nein, so zimperlich war Manfred nicht. Aber etliche Leute schienen diese Verleumdung zu glauben. Es könnte ihm allerdings beruflich schaden, wenn man kein Vertrauen mehr zu ihm hatte. Er mußte ihr möglichst bald einen gehörigen Schrecken einjagen. Einen ganz gehörigen. Das nahm sich Manfred Sackl fest vor.

* * *

Hans Sackl ist – wie gesagt– ein sehr freundlicher Mann. Er, auch ein Zugereister, hat seine Wohnung jetzt im Ort. Eines aber beschäftigt die Bevölkerung auch bei ihm. Er ist ein tüchtiger und freundlicher Mann und ein besonders fescher noch dazu, hat aber keine Freundin und schon gar keine Frau. Noch nie ist er mit einem Mädchen gesehen worden! Das ist auffallend. Und das ist verdächtig. Da kann etwas nicht stimmen.

Es gibt wohl mehrere junge Männer im Dorf, die noch keine haben, aber die lassen wenigstens nichts unversucht. Nur Hans unternimmt nichts.

Das gibt zu denken! Womöglich hat er abnorme Neigungen, ist vielleicht ... oder ist sogar ein ... – Man spricht dieses Wort bei uns nur ungern aus. Aber der berechtigte Verdacht besteht, daß Hans ein solcher ist.

* * *

Das letzte Juliwochenende wurde ein toller Erfolg – für ganz Sankt Franzen. Unser großes Sommernachtsfest fand statt! Wochenlang waren die Vorbereitungen dazu gelaufen. Der Termin mit der Tanzkapelle war sogar schon vor einem Jahr fixiert worden (sonst kriegt man keine gute Musik mehr).

Auch Petrus spielte mit. Es war ein richtig heißer Tag. Alle lechzten nach einem kühlen Bier. Einige – eigentlich viele – hatten bereits nachmittags ein paar Bierchen konsumiert, den großen Durst behielt man sich aber für den Abend auf. Man möchte ja die Vereine etwas verdienen lassen – und gesehen werden. Gäste waren auch da. Viele. Sie feierten kräftig mit. Wir feierten heuer allerdings nichts besonderes – im letzten Jahr war die neue Motorspritze eingeweiht worden. Aber feiern kann man auch ohne Anlaß. Wir freuen uns, daß wir feiern können – und tun dies auch. Man nützt die Gelegenheit, den vielen Urlaubern unsere Kultur und Lebensfreude zu vermitteln.

Die Musik spielte laut. Für eine Nacht kann jeder seinen Schlaf opfern. Das Bier floß in Strömen, die Brathendln und Würstl wurden uns aus den Händen gerissen, auf dem Tanzboden wogte ein Heer von Tanzenden, die Verliebten – und auch andere – kuschelten sich in die Schnapsbude und plünderten den Vorrat an süßen und scharfen Sachen. Es herrschte richtige Hochstimmung!

Auch ich genehmigte mir ein Bier und aß ein Bratwürstl. Genaugenommen hatte ich dazu zwar keine Zeit. Es bildete sich auch gleich eine Warteschlange, und manche regten sich auf, daß sie warten mußten. Aber mir war das egal. Genau das war es. Es war mir plötzlich völlig gleichgültig, daß die Leute warten mußten. Dabei bin ich sonst ein gewissenhafter Würstlverteiler. Ich trat etwas zurück und lehnte mich an einen Zeltpfosten. Wir hatten kein richtiges Zelt aufgestellt, zum Schutz gegen eventuell eintretenden Regen aber einige große Planen über den Festplatz gespannt. Ich genehmigte mir noch ein zweites Bier.

Toni schnauzte mich an, ich solle gefälligst arbeiten und nicht „saufen". Mich berührte das wenig, stand ich doch bereits den zweiten Tag im „Freiwilligeneinsatz" – zuerst beim Aufstellen und Vorbereiten und dann beim Fest selbst. Und das, obwohl ich keinem Verein angehöre. Aber man hatte mich gebeten, und ich hatte zugesagt. Zu Anlässen wie diesen benötigt man eben auch die unscheinbaren Leute.

Es war sehr laut – und heiß. Ich mußte einmal an die frische Luft. Langsam ging ich nach draußen. Zwei junge Burschen verstellten mir den Weg. Sie sagten nichts, stellten sich nur provokant vor mich hin. Ich ging um sie herum, hörte ihr Lachen, sah mich aber nicht um. Endlich spürte ich, wie ein laues Lüftchen mein Gesicht umspielte. Es war wohltuend, ich ging noch weiter. Ein klarer Sternenhimmel wölbte sich über mir; nicht nur über mir, über dem ganzen Dorf, dem ganzen Tal, dem ganzen Land, über der ganzen Welt …

„Was ist eigentlich 'die ganze Welt'?" ging es mir durch den Kopf. Ja, wir hatten in der Schule gelernt, sie sei rund, bestehe aus … aus wie vielen Kontinenten? Aus fünf? Oder sieben? Oder? Es fiel mir nicht mehr ein. Aber eigentlich besteht die Welt noch mehr aus Wasser. Die Meere sollen eine wesentlich größere Fläche haben als das Land. Dabei gibt es schon so viel Land! Und davon kennt man nur ein kleines Fleckchen … Die Welt muß unvorstellbar groß sein! Was ist das überhaupt, die Welt? Meine Gedanken kehrten wieder zu dieser Frage zurück. Aber es war, als stünde ich vor einer unbezwingbaren Wand, einer tausend Meter hohen, glatten, senkrechten Wand. So ähnlich, nein tausendmal schwieriger war diese Frage. Sicher, in der Schule hatten wir von der Erschaffung der Welt gelernt. Wie Gott sie erschaffen hat. Aber inzwischen hat man viel anderes gelesen und gehört. Wissenschafter behaupten, die Welt sei durch den Urknall entstanden – oder zuerst war alles nur flüssiges Gas oder Wasser. Vor Millionen von Jahren.

Plötzlich wurde mir schwindlig; die Nacht begann sich zu drehen. Ich setzte mich auf den Boden; mir wurde besser, fühlte aber eine große Müdigkeit. Vielleicht hatte ich die zwei Bier zu schnell getrunken …

Langsam erhob ich mich und ging wieder zurück. An einem Auto lehnten zwei Leute, eng umschlungen, küßten und liebkosten einander. Dann entflammte ihre Leidenschaft heftiger und drängte sie zu neuen Taten. Ich ging vorbei, sie sahen und hörten nichts.

Später gingen noch einige Bänke und Zähne zu Bruch. Die Raufenden wurden von Ordnern getrennt, es gab keine ärgeren Folgen.

Das Fest wurde ein großer Erfolg. Wenn dann alle wieder ausgeruht sind, wird der Profit ausgerechnet …

* * *

Es geht ihr gesundheitlich nicht gut. Seit ihr Mann vor drei Jahren starb, lebt Moit allein im Haus. Toni geht ihr sehr ab. Sie hatten eine gute Ehe geführt. 32 Jahren lang. Und dann mußte er auf solche Weise sterben …

Moit macht sich heute noch Selbstvorwürfe; und benötigt öfter den Doktor. Zu ihrem geistigen Leiden – es ist das Gedächtnis, sie vergißt oft ganze Tage – kommen immer öfter körperliche Beschwerden, die das Alter mit sich bringt. Moit wird im nächsten Jahr siebzig. Amalie, ihre Tochter, hat sie schon überreden wollen, in ein Altenwohnheim zu gehen. Moit wehrte aber jedesmal heftig ab.

Jetzt wird Moit zunehmend bedrängt, ihr Anwesen – oder zumindest einen Teil davon – zu verkaufen. Der Moritzer-Schorsch hat wieder angefragt, ob sie es sich nicht endlich anders überlegt habe. Vor zwei Tagen war auch wieder dieser noble Herr da. Er kam schon des öfteren, war stets überaus höflich und schien nicht im geringsten beleidigt zu sein, wenn sie immer dasselbe antwortete: „Nein, verkaufen tu ich nicht." Diesmal aber hat sie der Fremde richtig verwirrt. Er hat ihr eine so hohe Summe für ihr Anwesen geboten, daß die Moit erschrokken ist: sechs Millionen. – Nicht, daß Moit schwach geworden wäre, aber ihrer Tochter mußte sie das schon erzählen. Obwohl sie achtgeben muß, daß es Otto, deren Mann, nicht zu früh erfährt. Der kann mit Geld nämlich nicht umgehen. Sie beide hatten das schon oft genug mitbekommen.

Toni war auf Otto gar nicht gut zu sprechen gewesen. Und dann starb Toni. Moit läßt das damalige Geschehen öfters vor ihren Augen ablaufen …

* * *

Es war ein Winterabend. Sie hatte den Kachelofen in der Stube gut eingeheizt. Trotzdem war ihr zu kalt. Und dann wieder zu heiß. Es war wohl eine Grippe oder Ähnliches im Anzug. Toni zog den dicken Janker an, nahm die Wollmütze und sagte, ehe er ging: „Es kann auch etwas später werden." Schon am Nachmittag hatte er einmal kurz davon gesprochen, daß er am Abend irgendwohin gehen müsse. Es fiel der Moit aber bis heute nicht mehr ein, wohin er gehen wollte. Wahrscheinlich hatte er es ihr sogar gesagt. Aber sicher weiß sie es nicht mehr.

Sie freute sich auf den zweiten Teil des Filmes, der an diesem Tag gesendet wurde, und achtete kaum auf das, was der Toni sagte. Sie nahm an, daß er zum Kartenspielen oder zu einer Versammlung gehen wollte. So war es wohl auch. Der Film war dramatisch, und sie hatte zeitweise mit den Tränen zu kämpfen. Eine junge Frau mußte viel mitmachen, und zuletzt, als sie ihren Geliebten doch noch bekam, starb dieser auf tragische Weise. Moit saß anschließend ein Weilchen wie benommen da. Dann ging sie schlafen. In der kalten Kammer fühlte sie wieder, daß ihr nicht ganz wohl war. Heiße und kalte Schauer durchfuhren sie. Sie ging noch einmal hinunter, kochte heißen Tee, gab etwas Schnaps hinein und trank eine Tasse davon. Dann richtete sie sich eine Wärmflasche her und begab sich wieder zu Bett. Sie konnte aber nicht schlafen.

Als die Stubenuhr schlug, zählte sie mit. Sie zählte zwölf Schläge. Dann hörte sie Wind aufkommen. Und sie hatte auch noch Wäsche an der Leine! In den letzten Tagen war es eher warm gewesen, ein Wetterumschwung aber hatte sich angekündigt. Der Wind heulte immer stärker und rüttelte an den Fensterläden. Moit mußte sich zwingen, nochmals aufzustehen. Ansonsten würde sie die Wäsche morgen aus allen Richtungen zusammensuchen müssen. Heißkalte Schauer jagten ihr über den Rücken, als sie aus dem Bett kroch. Sie schlüpfte in einen Janker ihres Mannes und trat in den Flur. Da gab sich der Wind noch lauter. Und sie sollte auf den Balkon hinaus!

Da fiel ihr noch ein, daß sie Licht benötigte, und holte die Taschenlampe. Sie öffnete die Balkontür. Der Wind fuhr ihr so heftig entgegen, daß Moit beinahe wieder umgedreht wäre. Aber es war ihre Pflicht, die Wäsche hereinzuholen. Es herrschte gespenstisches Halbdunkel; beinahe Vollmond. Eine riesige Wolke schob sich gerade wie eine schwarze Wand vor den Mond.

Moit war keine ängstliche Person; jetzt aber wünschte sie, daß Toni bei ihr wäre. Was er überhaupt so lange macht? Aber die werden Karten spielen und von Wind und Wetter gar nichts merken. Sie suchte das Plastikschaff und begann, die Wäsche herunterzunehmen. Das war nicht einfach mit nur einer Hand. Mit der anderen mußte sie die Taschenlampe halten. Anscheinend war noch alles da.

Einmal hielt sie inne und drehte sich zur Seite, um besser zu hören. Vom nahen Wald vernahm sie ein gewaltiges Rauschen. Ein unheimliches Rauschen! Da – plötzlich ein Krachen von brechendem Holz. Moit zuckte zusammen. Angst beschlich sie. Der Sturm riß Äste ab. In diesem Moment legte sich von hinten eine Hand auf ihre Schulter. Moit stieß einen Schrei aus und erstarrte. Ihr Herz krampfte sich zusammen – Todesangst überfiel sie ...

Plötzlich spürte sie die Hand nicht mehr. Langsam drehte sie den Kopf herum. Und atmete erleichtert auf. Eine Windböe hob wieder ein Bein der an der Leine hängenden Hose, und dieses streifte ihren Rücken. Moits Herz begann, sich wieder zu entkrampfen.

Schnell nahm sie die restlichen Wäschestücke von der Leine und war gerade im Begriff, bei der Tür hineinzugehen, als ihr der Schreck aufs neue in alle Glieder fuhr: Ein Blitz tauchte das gespenstische Dunkel in grelles Licht, Sekunden darauf folgte krachender Donner. Dann war Moit wieder im Haus.

Ein Gewitter im Winter. Das bedeutet viel Schnee. Es wehte auch schon ein eisiger Schneewind. Jetzt erst fühlte Moit richtig, wie kalt ihr war. Sofort legte sie sich nieder. Da donnerte es noch einmal.

Moit fand wenig Schlaf in dieser Nacht. Der heulende Wind, die Sorge um Toni und die sich ankündigende Grippe hielten sie wach. Um zwei Uhr hörte sie die Uhr noch schlagen, dann schlief sie doch ein.

Moit träumte einen bösen Traum: Sie war in der Kirche bei einer Messe. Sehr viele Leute waren anwesend. Herr Zickler hielt den Gottesdienst. Warum ausgerechnet Herr Zickler und nicht der Pfarrer? Herr Zickler ging ja gar nie in die Kirche. In Moits Traum aber vertrat er den Pfarrer. Dann teilte er die Kommunion aus. Moit ärgerte sich. Warum mußte das ausgerechnet dieser gottlose Mensch tun? Da wurde ihr schwarz vor den Augen und sie sank zusammen. Daraufhin legten sie zwei Männer in einen bereitgestellten Sarg. Moit wollte sich wehren, doch sie konnte keinen Finger rühren. Sie schrie, aber auch das hörte niemand. Nun hoben die beiden den Deckel hoch und legten ihn auf den Sarg. Es wurde dunkel um Moit ... Da hörte sie ein Klopfen. Sie war aber unfähig, etwas zu unternehmen. Dann polterte es wieder – und Moit erwachte aus ihrem Traum.

Sie war schweißgebadet. Und hörte tatsächlich ein Klopfen. Sie schaute zu Tonis Bett hinüber. Der war nicht da. Er wird wohl schon im Stall sein. Doch dann überfiel sie kalte Angst. Das Bett neben ihr war unberührt. Sie sprang aus dem ihren, zog sich rasch etwas über und rannte hinunter. Wieder klopfte jemand an die Haustür.

„Ja, ich komm' schon!" rief sie und sperrte auf.

Da stand ein Gendarm. Er versuchte, Moit schonend beizubringen, was geschehen war.

Mehr als drei Jahre lag das nun zurück. Aber Moit macht sich noch immer Vorwürfe.

* * *

Frau Schullert hat jetzt viel zu tun. Es ist Saison! Zwei Zimmer vermieten sie. Wenn ihr Sohn – Hugo bereitet ihr derzeit wieder Sorgen – einmal auszieht, haben sie drei zur Verfügung. Vorige Woche sind die Gäste gekommen. Sie bleiben drei Wochen. Danach kommen die nächsten. Frau Schullert ist heuer für die ganze Saison ausgebucht. Sie erzählt das auch jedem. Erstens freut es sie gehörig – man bedenke die Einnahmen! –, und zweitens freut sie sich noch mehr, wenn sie andere damit ärgern kann. Wie heute vormittag. Sie war gerade vor dem Haus im Garten beschäftigt. Da kam die Frau des neuen Bankfilialleiters vorbei. Sie kannten einander kaum, trotzdem blieb die andere kurz stehen. Also wurden einige Worte gewechselt.

Dann fragte die andere, während sie auf die beiden Audis zeigte: „Vermietet ihr auch?" Mehr hat es nicht gebraucht! Nun fühlte sich Frau Schullert in ihrem Element. Als sie erfuhr, daß die andere nur ein Zimmer vermieten kann und selbst dieses eine nicht einmal während der ganzen Saison ausgebucht war, erfüllte sich ihr Herz mit grenzenloser Schadenfreude.

Früher – die Schullerts vermieten schon seit längerer Zeit – hatten die Gäste ihre Autos immer hinter dem Haus abstellen müssen. Es ist wenig Platz vor dem Haus, der Rest ist Rasen. Jetzt aber dürfen, ja müssen die Autos vor dem Haus geparkt werden. Alle Leute sollten sehen, daß sie ausgebucht sind. Und sie sollen sich ärgern darüber. So etwas befriedigte Frau Schullert. Nur wenn Gäste ankommen, die eine etwas minderwertigere Automarke fahren, müssen die Fahrzeuge hinter das Haus. Aber heutzutage kommen die meisten ohnedies mit einem großen, dicken ...

Frau Schullert hält ihre Gäste gut, liest ihnen jeden Wunsch von den Augen ab. Mit den Nachbarinnen allerdings steht sie eher auf Kriegsfuß. Die zu ihrer Linken, diese aufgetaktelte Ziege, die auch ein Zimmer – eines! – vermietet, kann sie gar nicht leiden. Der Grund dafür liegt schon Jahre zurück.

Damals war bei der Nachbarin ein Ehepaar mit Tochter untergebracht. Zufällig kam Frau Schullert mit ihnen eines Tages ins Gespräch und bekam mit, daß die Urlauber für das nächste Jahr zwei Zimmer suchten. Die Tochter war schon 13 und wollte auch in den Ferien ihr eigenes Zimmer. Da hat Frau Schullert gleich zugeschlagen und verlangte sogar um zehn Schilling weniger. Man weiß ja, wieviel die anderen verlangen. Man weiß aber auch, wie man Fliegen fängt.

Seither kommen Schmidts zweimal jährlich für drei Wochen zu Frau Schullert. Die seither mit ihrer Nachbarin zur Linken allerdings kein Wort mehr wechselt. Besser gesagt, die Nachbarin spricht nicht mehr mit ihr. Frau Schullert aber hält das spielend aus.

* * *

Die Saison lief sehr gut. Wir hatten allerdings einen schönen Sommer. Einen Jahrhundertsommer. Das Wetter war schön, ja richtig heiß durch Wochen. In gewissen Branchen stiegen die Umsätze beträchtlich. Allein bei den Nächtigungen verzeichnete Sankt Franzen nach ersten Berechnungen ein Plus von zirka 17 Prozent. Man kann guten Gewissens behaupten: „Alles in Ordnung."

* * *

Dann kam der 23. September.

Der Saal beim Dorfwirt war zum Bersten voll. Die Kellnerinnen mußten sich mühevoll einen Weg durch die Menge bahnen. Es herrschte ein Gedränge und Geschnatter, daß man das eigene Wort kaum verstand. Und immer noch kamen weitere Leute. Auch sie wollten sich hinsetzen. Man holte Stühle aus dem Keller und den Zimmern.

Dann – es war schon bald halb neun – stand der Bürgermeister auf. Langsam wurde es ruhig im Saal. Das Gemeindeoberhaupt wartete geduldig, bis alles still war, daraufhin ergriff er das Wort:

„Liebe Damen und Herren, liebe Gemeindebürger von Sankt Franzen. Es ist mir eine große Freude ..."

Der Bürgermeister stellte den Plan vor, auf den das ganze Dorf so sehnsüchtig gewartet hatte. Den Plan vom „Happy-Fitneß-Sport- und Freizeitcenter Sankt Franzen". Nach dem Bürgermeister sprach der planende Architekt und erklärte alles genau. Die Anwesenden – es mochten wohl an die 200 gewesen sein – unterbrachen ihn mehrmals durch lautes Klatschen. Der Plan gefiel ihnen außerordentlich gut. Besonderen Beifall ernteten das Happy-Bad und der Wildwasserkanal. Aber auch die Massagekojen und der Jedermann-Boxring fanden breite Zustimmung.

Die Kellnerinnen – vier an der Zahl – konnten die bestellten Getränke nicht schnell genug heranschleppen. Es herrschte Bombenstimmung, und allein deswegen hatte alles noch mehr Durst.

Die Ausführungen des Bürgermeisters und des Architekten dauerten lange. Halb elf war es bereits. Aber noch schien niemand müde zu sein. Die Leute wurden nun aufgefordert, Fragen zu stellen. Aber die wollten oder getrauten sich nicht so recht, Stille trat ein.

Da stand Herr Zickler auf, gratulierte dem Bürgermeister zur mutigen Entscheidung, das große Vorhaben zu verwirklichen, und schloß mit den Worten: „Dieses Happy-Center", Fitneß, Sport und Freizeit ließ er weg, „wird für unsere Gemeinde ein großer Segen sein, für den uns unsere Kinder noch dankbar sein werden." Tosender Applaus. Der Bürgermeister sonnte sich in seinem Erfolg und fühlte sich seinerseits verpflichtet, Herrn Zickler zu loben. Er tat es ausgiebig, denn Herr Zickler hatte der Gemeinde den Grund für dieses große Bauvorhaben zur Verfügung gestellt. Im Gegenzug erhielt Zickler von der Gemeinde 5.000 Meter Grund am „Loch-Bühel". („Loch-Fritz" hatte aufgehaust und die Gemeinde den Grund erworben.)

Nun wurden einige schneidiger und getrauten sich, dieses oder jenes zu fragen. Sie erhielten erwartungsgemäß befriedigende Antworten.

Dann aber geschah das Unfaßbare.

Ein Mann stand auf – es war Willy Schiffer. Nicht der Umstand, daß er sich erhob, war unfaßbar, sondern das, was er sagte. Alles war mäuschenstill, und Willy begann: „Geschätzter Herr Bürgermeister ..."

Nur langsam, ganz langsam begriff man, was er sagte. Willy Schiffer war dagegen! Gegen das „Happy-Fitneß-Sport- und Freizeitcenter Sankt Franzen". Alle waren betroffen. Einen Moment lang. Dann gewann man die Fassung allmählich wieder.

Willy Schiffer war dagegen! Und versuchte das auch noch zu begründen! Ja, ist der Mann krank? Oder will er alle beleidigen? Langsam begann es, laut zu werden. Jemand im Hintergrund rief „Sauhund".

Dann fingen einige zu schimpfen an, die Zwischenrufe wurden lauter, die Ausdrücke gehässiger, und plötzlich schrien alle durcheinander. Einige sprangen auf und drohten dem Schiffer. Der sprach zwar immer noch, konnte aber endlich überbrüllt werden. Eine Faust traf ihn an der Wange, eine andere an der Schulter. Willy wankte schon, als sich „Kuttn-Max" auf ihn warf. Beide gingen zu Boden.

Der Bürgermeister schrie etwas, doch niemand achtete darauf. Es herrschte ein Gebrüll und ein Getöse, Stühle fielen um oder wurden zur Seite geschoben. Alle wollten zusehen, doch der Kampf war bereits aus. „Kuttn-Max" stand gerade auf. Willy Schiffer hatte kaum Gegenwehr geleistet. Wahrscheinlich war er beim Hinfallen auch noch irgendwo angestoßen. Er lag jedenfalls am Boden und rührte sich nicht.

Alle starrten ratlos auf ihn. Es wurde still im Saal. Der Bürgermeister kämpfte sich durch die Menge, schaute auf Willy Schiffer und dann in die Runde. Er murmelte etwas von „Rettung rufen" und veranlaßte dies dann doch lieber selbst. „Kuttn-Max" und noch einige machten sich aus dem Staub. Plötzlich waren alle im Begriff, nach Hause zu gehen, und die Kellnerinnen hatten Mühe mit dem Abkassieren. Nicht wenige bezahlten an diesem Abend ihre Zeche nicht.

Willy Schiffer bewegte sich endlich wieder, schaute benommen in die Runde und versuchte, sich aufzusetzen. Ihm dröhnte der Kopf. Langsam kam ihm wieder zu Bewußtsein, was geschehen war. Er wollte aufstehen, und – man half ihm. Einige Leute, darunter auch der Bürgermeister, hatten sich schon in den letzten Minuten um ihn gekümmert. Allen stand der Schrekken ins Gesicht geschrieben. Endlich kam auch der Doktor. Er konnte Willy Schiffer dazu überreden, mit ihm ins Spital zu fahren. Nur zur Sicherheit, wie er betonte.

Das Ereignis vom 23. September schlug hohe Wellen. Nicht nur in Sankt Franzen. Auch in der weiteren Umgebung. Die Zeitungen berichteten ausführlich darüber. Es waren ja genügend Zeitungsleute zu dieser Veranstaltung eingeladen gewesen. Vor Beginn der Versammlung hatte man sie mit erlesenen Speisen und Getränken verwöhnt ...

* * *

In Sankt Franzen war man geteilter Meinung. Zuerst hatten diejenigen, die sofort nach Hause gingen, eine schlechte Nacht. Da wußte man noch nicht, daß Willy Schiffer nur eine schwere Gehirnerschütterung erlitten hatte. Das erfuhr man erst am darauffolgenden Tag. Und daß Willy nach ein paar Tagen schon wieder fit sein werde. Manche sorgten sich richtiggehend. Er war dagelegen wie tot; wenn er wirklich gestorben wäre – nicht auszudenken, welche Scherereien ganz Sankt Franzen bekommen hätte. Auch wenn Willy Schiffer dies selbst zu verantworten gehabt hätte. Was mußte dieser grüne Phantast auch dagegen sein?!

Die früher hinter vorgehaltener Hand weitergegebene Vermutung hatte endlich ihre Bestätigung erfahren. Willy war tatsächlich ein Grüner. Und wo einer Grüner schreit, da schreien bald viele. Davor fürchtete man sich in Sankt Franzen. Denn dann würde der Bau des „Happy-Centers" in den Sternen stehen.

Warum aber war Willy Schiffer ein Grüner? Hätte man ihm bisher mehr Beachtung schenken sollen? Ihn in einen Verein einbinden vielleicht? Ihm einen kleinen Posten als Kassaprüfer oder als Kassier geben sollen? Dann hätte er sich als jemand fühlen dürfen und keinen „Auftritt" gebraucht zur „Selbstbestätigung". Oder auch nicht! Das war im nachhinein nur schwer zu beurteilen. Tatsache aber ist, daß sich niemand die Mühe gemacht hatte, Willy Schiffer genauer zu beobachten. Weshalb auch? Er war nur ein kleiner Zugereister ... Man kann sich ja nicht jedem widmen. – Und nun ist Willy womöglich tot. Wird sich wohl an einer Tisch- oder Stuhlkante den Schädel angeschlagen haben und so unglücklich gestürzt sein, daß er sich das Genick gebrochen hat ...

Mehrere Leute schliefen schlecht in dieser Nacht. Womöglich wird die Kripo eingeschaltet. Man weiß ja aus dem Fernsehen, wie das gemacht wird heutzutage. Die wird dann Fragen stellen, unangenehme Fragen: Wie das passiert ist, und wer dabei war und so weiter ...

Endlich war diese Nacht vorbei. Am Morgen, spätestens am Vormittag, erfuhren auch die letzten, daß sie sich umsonst gesorgt hatten.

Dann gab es aber noch die anderen, denen auch nicht mehr wohl war in ihrer Haut. Sie hatten sich von der Stimmung gegen Willy Schiffer mitreißen lassen und mitgeschrien. Nicht zugeschlagen zwar, aber mitgeschrien. Sie hatten ihren Anteil daran, daß die Sache derart eskalierte. Ansonsten waren sie fleißige, friedliebende Menschen. Sie sahen ein, daß sie zu weit gegangen waren. Sie schämten sich fast dafür. Sie waren aber in der Minderheit. Die Mehrheit sah, nachdem einige Tage vergangen waren, in Willy Schiffer, dem Grünen, den Hauptschuldigen.

Man war richtig zornig auf ihn. Denn die Folgen des bühnenreifen Auftritts dieses kleinen Trottels waren noch nicht abzusehen. Durch die ausführliche Berichterstattung über die Vorfälle in den Zeitungen war nämlich ernsthaft zu befürchten, daß womöglich noch einige solcher Hinterwäldler aufstehen und gegen den Bau des „Happy-Centers" schreien und agieren könnten.

Diskutiert wurde auch die Frage, was Willy Schiffer unternehmen werde. Würde er die Frechheit haben, die Angelegenheit anzuzeigen? Zuzutrauen wäre es ihm zwar. Das mußte jedoch verhindert werden. Auch daß er noch einmal aufsteht und öffentlich gegen den Bau des für das Dorf so wichtigen und segenbringenden „Happy-Centers" agiert. Das mußte auf jeden Fall verhindert werden. Für die paar Minuten, die er bewußtlos am Boden gelegen war, sollte er schon ein paar Tausender bekommen. Da sollte man nicht kleinlich sein. Aber dann müsse Ruhe sein! Auf jeden Fall! Sonst müßte man eben zu anderen Mitteln greifen.

* * *

Am selben Abend, als der Großteil der Bürger von Sankt Franzen beim Dorfwirt den verhängnisvollen Auftritt von Willy Schiffer miterlebten, kaufte der Moritzer-Schorsch das Anwesen des „Joch-Toni".

Moit, ihre Tochter Amalie und Schorsch saßen in der Stube. Tranken nun ein Schnäpschen; es war bereits alles unter Dach und Fach. Moit sollte noch ein Jahr im Haus bleiben dürfen, dann würde sie ins Altersheim gehen. Schorsch hatte keinen Druck ausgeübt, die Moit wollte es selbst so haben. Auch das Geschäft der Gebrüder Sackl mußte erst in einem Jahr geräumt sein. Der Kaufpreis betrug – sechs Millionen. Feierlich hatte Moit dem Schorsch die Hand entgegengehalten – und der Moritzer eingeschlagen. Das Schriftliche wollten sie am nächsten Tag beim Notar erledigen. Schorsch hatte alles schon vorbereitet.

Schorsch wollte nach dem Vertragsabschluß noch beim Dorfwirt vorbeischauen und sich die Vorstellung der Pläne des neuen Sportzentrums anhören. Er überlegte es sich jedoch und fuhr direkt nach Hause. Er war zu glücklich – und wollte das genießen, daheim, mit seiner Frau. Wer weiß, ob bei der Versammlung etwas Gescheites herauskommt. Schorsch war nicht für Großveranstaltungen. Er handelte lieber im stillen – wie beim Kauf des „Joch-Anwesens". Er hatte dabei zwei weitere Mitbewerber überlistet.

Schorsch war innerlich noch aufgewühlt. Allmählich beruhigte er sich wieder, das Gefühl der Freude wurde immer stärker. Er hat beim „Joch" gekauft! Er – der Moritzer. Wenn das Joch-Anwesen auch nicht groß war, es lag mitten im Ort.

Schorsch konnte zwar nur einen kleinen Teil der Kaufsumme bar bezahlen, aber es gibt ja Geld zu leihen. Mit der Zeit würde er alles abgezahlt haben. Seine Frau freute sich mit ihm. Beide sahen im Bauer- und Bäuerinsein ihre Erfüllung.

* * *

Wie die Moritzer dachten früher viele. Heute nicht mehr so viele. Und Jahr für Jahr weniger. Wenn meistens auch viel Arbeit erledigt sein will, es gibt im Jahresablauf auch die schönen, ruhigen Zeiten, wo nicht soviel zu tun ist.

Der Bauer ist sein eigener Herr. Er braucht sich keine Sorgen zu machen, arbeitslos zu werden. Freilich, man muß alle Tage die Arbeit im Stall verrichten, hat nie richtig frei, keinen Urlaubsanspruch wie die Angestellten, Arbeiter und Beamten. Trotzdem würde ein richtiger Bauer nicht tauschen wollen. Mit niemandem. Auch der Moritzer nicht.

Heute sind viele im Dorf verunsichert. Es sind Bestrebungen im Gange, alles im großen zusammenzufassen, kleine Betriebe in den großen aufgehen zu lassen. Das regt niemanden mehr auf. Das Gefühl, zusammenhelfen zu müssen, existiert kaum mehr. Jeder kämpft für sich allein. Auch der Moritzer-Schorsch.

* * *

„Aber was wird der Zickler dazu sagen, wenn er es erfährt?" Magdas Stimme klang besorgt.

„Der wird nicht viel sagen können, sondern sich damit abfinden müssen!"

Aber auch Schorsch hatte ein ungutes Gefühl, wenn er an den Zickler dachte.

Sie kannten sich schon lange. Schlossen früher sogar einmal zusammen ein Geschäft ab. Ein gutes Geschäft. Aber das ist lange her. Heute treffen sie sich nur noch selten, reden nur Oberflächliches; ihr Verhältnis hat sich abgekühlt.

Einmal war Herr Zickler noch am Moritzerhof. Seither kennt ihn auch Magda. Sie stammt ja aus dem Nachbardorf. Magda fand Herrn Zickler zwar nicht gerade unsympathisch – irgendwie hatte sie beinahe Angst vor ihm. Und wußte nicht, warum. Er wirkte so, so berechnend, so kalt. Ja, kaltblütig, so wirkte er auf Magda. Sie hatte einige Male mitbekommen, wie er mit seinen Gegnern umzugehen pflegt. Beinhart, rücksichtslos. Und dazu sein Gelächter! Sein höhnisches, arrogantes Gelächter. Zickler lachte nicht, er lachte aus. Er teilte alle Menschen ein in unten und oben; er selbst saß ganz oben.

Magda war damals jedenfalls wohler, als er gegangen war. Bei diesem Besuch hatte Zickler auch erwähnt, daß man beim „Joch" verkaufen wolle. Nicht mehr und nicht weniger.

Als der Zickler endlich fort gewesen war, hatten sich die Moritzer noch unterhalten über ihn. Auch über seine Bemerkung wegen dem „Joch"-Gut. Schorsch war überzeugt, daß auch der Zickler das Anwesen kaufen wollte. Es wäre zwar nicht so einfach für ihn, weil er ja kein Bauer war. Aber ein schlauer Fuchs war er allemal, und er hatte seine Freunde …

Magda hatte Schorsch schon damals gebeten, sich mit dem Zickler nicht mehr abzugeben. Sie hatte auch gesagt, daß er ihr Angst einflöße. Schorschs Versuch, ihr das auszureden, war nicht ganz gelungen.

Aber nun gehörte beim „Joch" ihnen. Der Zickler hatte das Nachsehen. Schorsch freute sich; Magda auch. Allerdings mit gemischten Gefühlen.

* * *

Herr Zickler tobte wie ein angeschossenes Tier, drehte völlig durch. Seine Frau, die einiges gewohnt war von ihm, hatte Angst – Angst vor ihm, aber auch um ihn. So hatte er sich noch nie aufgeführt. Ihr Neffe war vor einer Stunde mit „der" Nachricht gekommen. Zickler hatte bereits ein paar unangenehme Tage hinter sich – und jetzt noch das! Dieser gottverfluchte Moritzer!

Erst am Donnerstag die verpatzte Vorstellung des Sportzentrums! Sollte es nun nicht gebaut werden, würde er einige Millionen verlieren, besser gesagt, er würde sie nicht verdienen. Und das nur wegen diesem elenden Schiffer. Den würde er sich kaufen und braten, auf kleiner Flamme – langsam, ganz langsam, so richtig schmoren lassen würde er dieses Würstchen, sollte das Sportzentrum tatsächlich gefallen sein! Zickler lachte mit sich selbst. Glaubte dieser Schiffer wirklich, er könne es mit ihm aufnehmen? Da wird er sich gewaltig täuschen. Da haben sich schon ganz andere Kaliber getäuscht. Aber es bestand noch Hoffnung, daß alles wieder in Ordnung kommt. Berechtigte Hoffnung.

Beim „Joch" aber, da gab es für ihn keine Hoffnung mehr. Herr Zickler haßte solche Situationen. Weil keine Aussicht mehr war, alles zu seinen Gunsten zu ändern. Das trieb ihm die Zornesröte ins Gesicht.

Herr Zickler war jetzt allein. Sein Neffe war gegangen, seine Frau irgendwo im Haus. Er war etwas zu laut geworden, daher hatten sich beide verdrückt. Dem Hausherrn war das nur recht. Er brauchte nun niemanden. Gewisse Pläne mußte man in Ruhe schmieden. Und dann vor allem allein ausführen! Noch aber war Herr Zickler nicht ganz zur Ruhe gekommen. Zu greifbar nahe schien das große Geschäft gewesen zu sein. Das Geschäft seines Lebens!

* * *

Als der „Joch-Toni" vor drei Jahren starb, hatte sich Herr Zickler seine Gedanken gemacht. Moit würde die Landwirtschaft verpachten, später wahrscheinlich verkaufen. So kam es, daß sich im Stall die Autonarren einnisteten. Das gefiel dem Zickler zwar nicht, er regte sich darüber aber nicht auf. Wenn die Zeit gekommen sein sollte, würde er mit diesen Lausbuben schon aufräumen.

Ob Moit überhaupt eine Ahnung hatte vom Wert ihres Anwesens? Erkundigte sie sich etwa? Zickler rechnete nicht damit. Das Anwesen lag mitten im Dorf zwischen Kirche und Schulhaus und erstreckte sich hinauf bis zum Unterfeld des Moritzerbauern. Für Zickler war es nur eine Frage der Zeit, bis dieses Feld verbaut war. Schon damals zogen jedes Jahr neue Leute nach Sankt Franzen. Es gefällt ihnen hier. Herrliche Lage, nette Leute. Wer will da nicht wohnen? Herrn Zickler gingen solche Gedanken oft durch den Kopf, und deshalb wollte er handeln. Doch er mußte auf der Hut sein. Sicher war er nicht der einzige Interessent.

Deswegen ging er nicht selbst zu Moit. Er schickte seinen Neffen. Der war hier nicht bekannt; er wohnte nicht einmal im Tal. Aber er hatte eine Landwirtschaft und konnte daher, wenn es ernst werden sollte, als kompetenter Käufer auftreten – wenigstens zum Schein. Dieses alte Gesetz bestimmte nämlich, daß landwirtschaftlicher Grund und Boden nur an Bauern verkauft oder vererbt werden durften. Das sollte sich später jedoch ändern.

Herr Zickler gab seinem Neffen daher den Auftrag, zur alten Moit zu gehen und vorerst einmal die Summe von sechs Millionen zu bieten. Zickler hatte sich nicht geirrt. Michael, der Neffe, berichtete, wie Moit erschrocken war, als er diese enorme Summe ins Spiel gebracht hatte. Moit hatte demnach keine Ahnung, auf welchem Reichtum sie saß. Zickler wäre auch bis acht oder neun Millionen gegangen, wenn es hart hergegangen wäre.

Dann fuhr Zickler auch zum Moritzer hinauf, erwähnte beiläufig, daß beim „Joch" verkäuflich sei. Schorsch aber reagierte nicht darauf. Trotzdem war Herr Zickler überzeugt, daß auch der Moritzer darauf wartete, das „Joch-Anwesen" erwerben zu können. Die Frau des Moritzerbauern, Magda oder wie sie hieß – er kannte sie nicht –, schien eine schüchterne Person zu sein. War sonst aber eine hübsche Frau.

* * *

Und jetzt – Zickler zwang sich, ruhig zu bleiben – hatte ihm dieser gottverdammte Hund alles weggeschnappt.

Ein paar derbe Flüche kamen ihm über die Lippen. Dann genehmigte sich Zickler einen Schnaps. Er trank ein Stamperl, auf einen Zug. Dann stellte er die Flasche wieder an ihren Platz. Er war kein Säufer, wenn er sie aber vor sich stehen gelassen hätte, hätte sie ihn wahrscheinlich zu sehr von seinen Gedanken abgelenkt. Jetzt wollte er nicht abgelenkt werden. Von niemandem!

Herr Zickler hielt den Atem an und horchte, hörte jedoch nichts. Seine Frau wird wohl schon schlafen gegangen sein. Das war gut so.

Die Uhr zeigte fünf vor zehn. Herr Zickler begann nachzudenken. Er war nun ganz ruhig. Auch um ihn herum war alles ruhig. Nur die Uhr tickte. Aber das störte ihn nicht. Reglos saß er da, die Augen zusammengekniffen. Die Zeit verging. Langsam nahm in seinem Kopf ein Plan konkrete Formen an. Ein teuflischer Plan …

Ein diabolisches Grinsen legte sich über sein Gesicht. Der Moritzer sollte bekommen, was er verdiente. Das war das Ziel seines Planes, vorerst aber nicht der Hauptpunkt. Sein Plan gefiel ihm immer besser. Er war zwar mit Risiko verbunden, Herr Zickler liebte das Risiko und war schlau. Schlauer als die anderen. Das hatte sich schon öfter bestätigt. Die meisten jedoch wußten davon nichts. Manchmal reizte es ihn sogar, den Leuten zu beweisen, wie überlegen er ihnen war. Dann unterließ er dieses Spiel; es war besser so. Aber innerlich befriedigte es ihn, daß es so war.

Schorsch sollte sich nicht mehr herauswinden können. Zuviel sollte auf ihm lasten. Es mußte so sein. Und niemand würde Verdacht schöpfen. Zickler mußte nur noch den richtigen Zeitpunkt abwarten. Es mußte ja nicht sofort sein.

Jetzt war es halb eins.

Herr Zickler ging zufrieden schlafen …

* * *

Die Fragen über die Welt beschäftigen mich immer noch. Wenn ich den Ursprung auch nie ergründen oder begreifen werde, die Fragen sind manchmal einfach wieder da. So auch jetzt.

Ich sitze in unserer Stube und will etwas lesen, doch ich tue es nicht. Meine Frau ist bei einem Vortrag zum Thema „Qualitätszimmervermietung“ oder so ähnlich. Wir sind nämlich beim Überlegen, ob nicht auch wir …

Meine Gedanken beschäftigen sich mit der Welt. Man müßte sich die Zeit nehmen – kann es aber nicht – und losgehen. Immer geradeaus. Sich durch nichts aufhalten lassen und die Richtung nicht verlieren. Immer geradeaus …

Wenn die Welt wirklich rund ist, müßte man losgehen können und nach Jahren – wahrscheinlich erst nach Jahrzehnten – wieder an den Ausgangsort zurückkommen.

Das aber ist unmöglich. Man kann die Meere zu Fuß ja nicht überqueren. Auch würde man immer wieder von der Richtung abkommen und nicht mehr nach Hause finden. Es ist ja daheim schon schwierig genug, die Richtung zu halten – die richtige Richtung. In die falsche Richtung zu gehen ist leichter. Welche ist überhaupt die richtige?

Es gibt Menschen, die wissen es genau und geben die Richtung in Regeln und Gesetzen vor. Daran hat man sich zu halten. Wehe, einer verstößt dagegen. Sie selbst verstoßen allerdings manchmal dagegen. Aber ein unscheinbarer Mensch bemerkt das nicht, weil es nicht nach einem Verstoß aussieht. Man muß nur wissen, wie man gegen die Richtung verstößt, und sich nicht erwischen lassen dabei – dann ist ein Verstoß gar kein Verstoß.

* * *

„Arbeit-Naz" ist aus der Richtung gekommen. Er lebt seit vergangenen Herbst im Altenwohnheim. In der Nachbargemeinde. In Sankt Franzen selbst gibt es keines.

Es war eine große Umstellung für den „Arbeit-Naz". Er war bisher Freiheit gewöhnt, nun muß er sich unterordnen. Und – er darf kaum mehr etwas trinken. Anfangs hatte er sich nicht immer unter Kontrolle und zuviel des Guten erwischt. Dabei lernte er stets den freundlichen Mann, der dieses Haus leitet, kennen. Beinahe hätten sie ihn hinausgeworfen. Das wollte der Naz aber auch nicht, weil er dann ja auf der Straße gestanden wäre.

Die ersten Tage, ja Wochen, begriff Naz nicht, was geschehen war, weshalb er sich hier befand, warum er daheim ausziehen hatte müssen. Dann allmählich wurde ihm alles wieder bewußt. Auch ist ihm einiges zu Ohren gekommen.

Zum Beispiel, daß sein Haus und seinen Grund der Herr Zickler ersteigert hatte. Das hat der Naz aber nur erfahren, weil er nicht lockergelassen hat! Zuerst wollte man mit der Sprache nämlich nicht herausrücken.

Als ihm alles bewußt geworden war, wurde Naz vier Tage lang krank und konnte nachts nicht schlafen. Nicht die Tatsache, daß er seinen Besitz verloren hatte, war schuld an seiner Schlaflosigkeit, sondern, an wen er ihn verloren hatte.

In der vierten schlaflosen Nacht fand Naz eine neue Betätigung. Er begann, Rachepläne zu schmieden und die schrecklichsten und grausamsten Arten zu erfinden, wie er den Zickler umbringen könnte. Dadurch wurde der Naz wieder ruhiger. Seither hat er ein neues Hobby: Fast jeden Abend entwirft er einen neuen Plan, wie er den Zickler verräumen könnte.

Naz kaufte sich ein dickes Schreibheft und einen Kugelschreiber. Er zeichnet die Pläne auf und beschreibt sie in seiner ungelenken Schrift. Obwohl er noch nie gern geschrieben hat, in Zeichnen war er allerdings schon in der Schule gut. Das ist aber schon sehr lange her. Naz erlernte beides wieder.

Mit großer Genauigkeit geht er ans Werk. Er braucht stets lange, bis er zufrieden ist. Hin und wieder wird er mit einer Zeichnung an einem einzigen Abend gar nicht fertig. Das stört ihn nicht. Er vollendet sie dann eben am nächsten oder übernächsten Abend. Er hat ja genügend Zeit. Und ob Zickler einen Tag früher oder später seine verdiente Strafe erhält, darauf kommt es ihm nicht an.

* * *

Naz war gerade wieder beim Zeichnen, als ihm etwas einfiel. Etwas von Bedeutung. Bis jetzt hatte er 62 Zeichnungen angefertigt. Alles Pläne, wie und wo er mit Zickler abrechnen könnte. Wie aber sollte er es tatsächlich handhaben? Nun, da es bereits 62 Möglichkeiten gab. Erst vorhin hatte er nochmals alle Seiten nachgezählt. Obwohl er genau wußte, daß es 62 waren. Aber Naz ging auf „Nummer Sicher". Das Heft versperrte er immer im Kasten und hütete es wie einen Schatz. Niemand durfte davon erfahren. Sonst würde man ihn womöglich noch an der Ausführung hindern.

Tagsüber freute sich Naz immer auf den Abend, auf sein Geheimnis! Bevor er mit einem neuen Plan begann, zählte er stets alle Seiten nach. Es genügte ihm nicht, daß das Heft vorhanden war, es könnte ja eine Seite herausgerissen worden sein. Nein, man konnte ihn nicht mehr hereinlegen, den Naz, ihn nicht!

Naz hatte eine gute Idee. Eine sehr gute sogar. Er unterbrach seine 63. Zeichnung. Nahm sich auch gar nicht mehr vor, sie zu beenden. Zu sehr beschäftige ihn die neue Idee. Er riß das Blatt aus dem Heft und zerknüllte es. In seinem Kopf nahm ganz klar ein Spiel Gestalt an. Ein tödliches Spiel – tödlich für den Herrn Zickler.

Naz würde eine Ziehung machen! Die Ziehung sollte ergeben, auf welche Art er den Zickler umbringen würde. Naz hatte dazu ja immerhin 62 Möglichkeiten. Naz schmunzelte über sich selbst und begann dann laut zu lachen ...

Doch wie, wie im Detail sollte die Ziehung verlaufen? Auch dazu gab es mehrere Möglichkeiten. Naz mußte noch einmal nachdenken.

Er könnte zum Beispiel eine Zahl zwischen 1 und 62 laut aussprechen und sie dann aus dem Heft heraussuchen. Und den angegebenen Plan ausführen. Aber – er wollte es noch spannender machen. Es mußte auch darin mehrere Möglichkeiten geben ...

Es gab sie. Und was ihm einfiel, gefiel dem Naz sehr gut. Er nahm sich vor, die Daten seines Geburtstages und seines Namenstages zusammenzuzählen. Die Summe sollte die Todesart für den Zickler sein – nicht das Urteil. Das hatte er schon längst gefällt. Naz fühlte ein leichtes Kribbeln. Es regte ihn auf: Sollte er die „Ziehung“ noch heute durchführen? Oder doch erst morgen. Wenn er jetzt die Zahl ausrechnete, würde er auch nachschauen wollen, um welchen Plan es sich handelte; obwohl er alle auswendig kannte, allerdings nicht, auf welcher Seite der jeweilige Plan stand.

Naz fürchtete, er werde womöglich schlecht schlafen, wenn er die Art der Ausführung wußte. Um den gewählten Plan auszuführen, mußte er aber ausgeschlafen sein. Er beschloß daher, erst am nächsten Tag zu „ziehen“. Außerdem war es auch schon halb zwölf.

* * *

Naz versperrte das Heft im Kasten, legte den Schlüssel unter den Kopfpolster und zog sich aus. Gerade, als er sich zur Ruhe legen wollte, wurde er wieder unruhig. Er konnte doch nicht länger warten, mußte es heute noch wissen. Oder doch nicht? Naz wurde hin- und hergerissen, und schließlich gewann die Vorfreude die Oberhand. Er mußte die Ziehung noch heute durchführen. Naz zog sich den Morgenmantel über, holte das Heft aus dem Schrank und setzte sich an das Tischchen. Dann begann er mit der „Ziehung“.

Er riß ein leeres Blatt aus dem Heft und dachte nach. Sein Geburtstag, das war der 23. Februar. Der Februar war unwichtig, jetzt zählte nur die 23. Eilig kritzelte Naz die Zahl auf das Blatt. Und sein Namenstag? Da mußte er länger nachdenken. Er hatte ihn nie mehr gefeiert. Als Bub schon; da hatte ihm die Mutter auch immer etwas geschenkt. Doch das war lange her, sehr lange. Es ist der 31.! Ignatius ist am 31. Jetzt war er sich sicher. Also schrieb er 31 unter 23. Dann zählte er beides zusammen, das ergab 54. Zur Sicherheit rechnete er noch zweimal nach. Es änderte sich jedoch nichts mehr. 54 – das also war die Zahl. Naz freute sich, denn jetzt war Herrn Zicklers Todesart bestimmt. Allerdings noch nicht bekannt.

Es kam, wie sich der Naz es vorgestellt hatte. Er mußte den Plan sehen! Sollte er nun doch nicht nachsehen, er würde genausowenig schlafen können wie zuvor. Also blätterte Naz – bis zur Seite 54.

Naz kannte sich sofort aus. Aha! Er wird es mit dem Messer tun. Auf Seite 54 wird der Zickler nämlich erstochen. Und daran durfte sich nichts mehr ändern. Er hätte ihn auch erschießen, ertränken oder sonstwas können. Aber davon stand nichts auf Seite 54! Auf Seite 54 war vom Messer die Rede. Auf Seite 55 hätte er dem Zickler mit einer Lassoschlinge den Garaus gemacht.

Ob es allerdings ganz genauso ablaufen würde, wie es die Zeichnung festhielt, konnte Naz nicht hundertprozentig sagen. Auf Seite 54 läuft Herr Zickler zwischen dem Dorfwirt und dem Kastanienbaum daneben dem Naz davon. Deshalb ist Naz gezwungen, ihm das Messer nachzuwerfen. Er trifft ihn zwischen den Schulterblättern. Da liegt er nun, auf dem Bauch, das Messer im Rücken.

Naz konnte sich diese Variante in Wirklichkeit gut vorstellen. Sollte alles so ablaufen, würde er noch seinen Fuß auf den Zickler setzen, sich hinabbeugen und „Schwein" zu ihm sagen. Dann würde er heimgehen.

* * *

Es war bereits zehn nach eins, als Naz seinen Plan in den Schrank sperrte und sich schlafen legte.

Viele Gedanken gingen ihm noch durch den Kopf. Er mußte ein Messer besorgen. Ein gutes, scharfes, spitzes Messer. Hier im Ort würde er es nicht kaufen können, denn er mußte vorsichtig sein und schlauer als alle anderen. Niemand durfte etwas ahnen. Er nahm sich deshalb vor, den Kauf des Messers mit einem Ausflug mit dem Postauto zu verbinden. In der Stadt kannte ihn ja niemand.

Es war auch nicht gesagt, daß der Plan schon am nächsten Tag ausgeführt werden mußte. Den besten Zeitpunkt wollte er abwarten. Er würde kommen. Ganz bestimmt.

Zufrieden mit sich und seinem Plan schlief Naz endlich ein.

* * *

Thomas Geist liebt das Leben. Und ganz besonders die Frauen. Seit zwei Wochen hat er eine neue Freundin. Die Rosi! Sie ist herrlich. Diese langen Beine, der wunderbare Busen, das lange, seidige Haar, die weichen, sinnlichen Lippen ... Thomas hat noch keine gekannt, bei der alles so perfekt war. Thomas hat sie in der Diskothek kennengelernt. Seit einem Monat gibt es auch in Sankt Franzen eine. Sie gehört Herrn Zickler. In Rekordzeit ist sie auf dem früheren Grund des „Arbeit-Naz“ aus dem Boden gestampft worden.

Rosi saß an der Bar, auf einem der fellüberzogenen Hocker. In einem Minirock, der mehr enthüllte, als er verdeckte. Thomas setzte sich neben sie, sprach sie an, tanzte dann mit einer anderen, beobachtete sie aber weiter. Er bemerkte, daß sie jemand zum Tanzen aufforderte, sie aber ablehnte. Dann blickte sie zweimal zu ihm herüber. Da wußte er, daß er gewinnen wird.

Thomas Geist ist sich bewußt, ein schöner Mann zu sein. Er kennt seine Wirkung auf Frauen.

Gegen Mitternacht verließen sie die Diskothek. Er brachte sie nach Hause. Wie ein Kavalier der alten Schule. Er zögerte zuerst, mit ihr hineinzugehen – aus Berechnung? –, tat es dann aber doch – und noch viel mehr ...

Erst in den Morgenstunden fuhr er heim. Und schlief dann bis Mittag. Thomas Geist genießt das Leben!

* * *

Martin Loser hat ein paar schwere Monate hinter sich. Er war arbeitslos. Damals, als Herr Geist sein Unternehmen gegründet und mehrere Arbeitskräfte gesucht hatte, hatte Martin die erlernte Arbeit bei der Baufirma aufgegeben, um bei „Tom's Hundemüsli" anzufangen.

Der Wechsel vom erlernten Beruf zum Hundefuttererzeuger war daheim lange überlegt worden. Aber diese umständliche Fahrerei! Zuerst fünf Kilometer zur Firma und von dort oft mehrere Kilometer zur jeweiligen Baustelle! In Sankt Franzen war Martin bis dahin nur einmal eingeteilt worden. Damals hatte er Hedwig kennengelernt, sie schließlich geheiratet und im Haus der Schwiegereltern den Dachboden ausgebaut. Zu Thomas Geists Firma waren es nur fünf Minuten, und das zu Fuß. Das hatte den Ausschlag gegeben.

Nun arbeitet Martin Loser wieder bei seiner ehemaligen Firma. Zwei Wochen, nachdem er gefragt hatte, war er wieder eingestellt worden. Man kannte ihn ja als guten Maurer. Aber dieses Fragen – wie eine Bettelei ist es ihm vorgekommen! Lange hatte er es hinausgezögert, denn schließlich war er es gewesen, der damals gekündigt hatte. Doch Hauptsache, er hat jetzt wieder Arbeit ...

Allerdings – die letzten Monate würde er niemandem wünschen. Martin war von seiner Situation sehr mitgenommen. Nicht die Tatsache, daß er arbeitslos war, hatte ihn genervt, es war das Gerede der Leute. Auch Hedwig hatte sehr unter dieser Situation gelitten.

* * *

In den ersten Jahren ihrer Ehe waren sie immer wieder das Gesprächsthema der Leute gewesen. Daß dieser junge Mann Hedwig überhaupt heiratete! Sah er denn nicht ihre Nase, oder hatte er womöglich selbst einen Fehler?

„Hossl-Ev" fragte ihn einmal, ob er seine Frau – wie drückte sie es aus? – bei „putzdunkler Nacht" kennengelernt habe. Martin kapierte ihre Frage nicht sofort. Als er endlich begriffen hatte, war Ev schon fünf Schritte weiter. Seit diesem Zeitpunkt verachtete er diese Person zutiefst.

Dann kamen die Kinder. Ganz normale, hübsche Kinder. Zuerst das Mädchen, dann der Bub. Langsam verstummte das Gerede. Dann wurde Martin entlassen. Und die Leute hatten wieder einen Grund, sich über ihn die Mäuler zu zerreißen.

Martin war auf die Entlassung nicht gefaßt gewesen. Sie traf ihn wie ein Blitz aus heiterem Himmel. Zwei Arbeiter mußten gehen. Er und Hugo, der Sohn von Frau Schullert. Martin konnte kaum schlafen in der Nacht, ging untertags nur ungern aus dem Haus. Weil ihn alle fragten, ob er Urlaub habe. Aber endlich wußten es alle. Da bemitleideten sie ihn. Aber er benötigte kein Mitleid. Er wollte Arbeit ...

Nun ist alles wieder in Ordnung. Zwar braucht er jetzt wieder das Auto, muß auch wieder früher aufstehen – er verrichtet die meiste Arbeit im Stall, die Hedwig dann beendet –, doch das Leben bereitet ihm wieder Freude.

Auch Hedwig, seine Frau, freut sich wieder am Leben. Ihr Wesen hat sich seit der Hochzeit ohnehin positiv verändert. In der ersten Zeit ihrer Ehe konnte Hedwig kaum glauben, daß es so viel Glück gibt. Martin war ein wunderbarer Mann. Hedwig blühte auf. Als das erste Kind kam, war das Glück vollkommen. Und so blieb es die kommenden Jahre. Bis zur Entlassung Martins. Ein erster Schatten war damals auf ihr kleines Glück gefallen.

Abrechnung

Kurt Tschurischnigg beschloß, es einstweilen bei diesem einen Anruf zu belassen. Es freute ihn, daß er es diesem Manfred Sackl so „gegeben“ hat, daß er am Telefon kein Wort mehr herausbrachte. Ihm dürfte der Schreck in alle Glieder gefahren sein. Kurt konnte sich gut vorstellen, wie Manfred dastand – bleich im Gesicht, den Hörer noch in der Hand, obwohl er – Kurt Tschurischnigg – schon lange wieder aufgelegt hatte. Aber der Sackl hatte eine Abreibung verdient. Im nachhinein mag er seine Stimme vielleicht erkannt, hoffentlich aber auch begriffen haben. Oder würde sich Sackl gar zur Wehr setzen wollen? Diese jungen Rotznasen von heute glaubten ja alle, sie seien gescheiter als alle anderen. Doch Kurt nahm an, daß Sackl sich auf weitere Diskussionen mit ihm nicht einlassen werde. Und wenn doch, dann würde er ihn kennenlernen! Trotzdem beschloß Herr Tschurischnigg, künftig ein wenig auf der Hut zu sein.

Er wusch eben seinen neuen Wagen. Früher war das die Arbeit seiner Frau gewesen. Früher. Jetzt ist sie wahrscheinlich im Himmel. Daß sie ihn auch immer reizen mußte! Kurt Tschurischnigg glaubte nicht an den Himmel. Auch nicht an die Hölle. Er glaubte überhaupt nichts. Liebevoll fuhr er mit dem Tuch über die Motorhaube seines neuen BMW. Die Sonne spiegelte sich darauf. Kurt trat etwas zurück. Die schnittige Form seines Autos imponierte ihm am meisten. Und die Farbe! Er war noch immer glücklich, daß er diese Farbe gewählt hatte. Schwarz!

Herr Tschurischnigg lebte allein in seinem großen Haus, nicht als Mörder, sondern als trauernder Witwer, mit dem die anderen Mitleid hatten. Eine Verwandte räumte zweimal wöchentlich auf, nahm die Schmutzwäsche mit und brachte sie gewaschen und gebügelt wieder zurück. Essen ging er ins Wirtshaus. Wenn er zu Hause war. Unterwegs sowieso. Er konnte es sich leisten. Kurt Tschurischnigg war ein wohlhabender Mann.

* * *

Gestern besuchte ihn Frau Schullert. Er weiß heute noch nicht, warum. Sie wolle nur einmal nachschauen, wie es ihm gehe, hatte sie gesagt. Jetzt, wo er so alleine sei. Herr Tschurischnigg konnte es nicht recht glauben, zumal ihr schreckliches Gejammere über den Tod seiner Frau kein Ende nehmen wollte. Ob sie etwas ahnte? Egal. Kurt ließ es gelassen über sich ergehen. Zum Abschied reichte sie ihm noch die Hand und versprach, wieder einmal nachzuschauen. „Ist mir recht", sagte er in der Hoffnung, daß sie es unterlassen werde.

* * *

Dann kam ein schlimmer Tag für Herrn Tschurischnigg. Er war gerade im Begriff, in sein Auto einzusteigen und seiner Arbeit nachzugehen, da sah er es. Es gab ihm einen Stich – fast bis ins Herz. Er hätte aufschreien können vor Wut. Er ging zwei Schritte vor und besah es sich genauer, ballte dabei die Fäuste.

Links, an der vorderen Hälfte der Motorhaube, war die Untat an seinem Auto begangen worden. Dort befand sich eine tiefe Delle, beinahe ein Loch, als hätte der Täter mit einem Hammer wuchtig zugeschlagen. Herr Tschurischnigg hätte am liebsten drauflosgeheult – aus Wut. Wer konnte seinem Auto so etwas antun? Und damit auch ihm! Diesen Verrückten möchte er erwischen, in die Hände kriegen! Der könnte sich auf etwas gefaßt machen!

Kurt mußte sich hinsetzen, um klar denken zu können. Und es wirkte. Er begann plötzlich, alles klar zu sehen. Es konnte nur dieser Sackl gewesen sein! Dieser verfluchte Hund. – Oder waren es vielleicht doch die Rotzbuben? Vor ein paar Tagen erst hatte er einige überrascht, als er heimkam. Sie hatten Fußball gespielt vor seinem Haus! Auf seinem Grund! Eine Frechheit! Einen hatte er noch fassen und anständig an den Ohren ziehen können. Aber so ein Verbrechen? Nein, das traute er den Buben nicht zu. So verrückt konnten die nicht sein. Dem Sackl aber war alles zuzutrauen. Der Sackl wußte, daß er ihn so an der empfindlichsten Stelle treffen konnte. Er hatte sein Auto geschändet, sein wunderbares, neues Auto. Kurt Tschurischnigg bekam einen Wutanfall, diesmal fluchte er laut, und da war plötzlich dieser Gedanke, der ihn nicht mehr losließ: Bring ihn um, diesen Verbrecher! Bring ihn um! Sofort! Ein solcher Frevel duldet keinen Aufschub.

Herr Tschurischnigg hetzte ins Haus, sperrte den Schrank auf und holte den Revolver heraus, sah nach, ob er geladen war. Er war geladen. Fast hätte er es sich wieder anders überlegt. Hätte er den Wagen doch in die Garage gestellt! Aber nein, ein Auto muß auch vor dem Haus seine Ruhe haben!

Kurt lief ins Freie und legte den Revolver ins Handschuhfach. Dann sah er sich den Schaden nochmals an. Ganz genau! Und dabei entdeckte er noch etwas – etwas, das seinen Puls hinaufschnellen ließ: Im linken vorderen Kotflügel waren dikke Kratzer zu sehen. Er bückte sich und sah genauer hin. Ganz genau!

„Zum Teufel mit diesem Sackl!“ stöhnte Kurt wütend. Es waren drei Buchstaben mit einem spitzen Gegenstand eingeritzt worden: SAU! Damit war für Herrn Tschurischnigg jeder Zweifel beseitigt: Der Sackl war's.

Nun war keine Zeit mehr zu verschwenden. Wutschnaubend bestieg er das Auto. Diese Sache mußte sofort gerächt werden! Kurt stieg auf das Gaspedal, daß der Sand nach hinten stob.

* * *

Hans Sackl sucht einen neuen Standort für seinen Betrieb. Ob er wieder einen so zentralen finden kann, steht noch in den Sternen. Hans ist unglücklich, daß alles so gekommen ist. Er hat zwar mit Schorsch, dem neuen Besitzer, ein ausführliches Gespräch geführt. Ohne Ergebnis. Schorsch bestand darauf, daß Hans das Geschäft in einem Jahr räumen muß. Hans hatte früher auch mit dem Gedanken gespielt, das Haus zu kaufen. Moit war aber nie darauf eingegangen, wenn er das Gespräch auf dieses Thema gelenkt hatte. Aber es hätte ihm auch das Geld gefehlt für diesen Kauf. Deshalb mußte er sich fügen; er fand sich ab mit den Gegebenheiten. Und sucht nun einen neuen Standort.

* * *

Manfred Sackl gefällt sein neuer Beruf immer besser. Es gelang ihm durch Fleiß und Zähigkeit, einen kleinen Kundenstock aufzubauen. Er ist vielbeschäftigt und noch gar nicht dazugekommen, den Tschurischnigg in die Schranken zu weisen. Aber er wird das, sobald die Zeit es erlaubt, nachholen.

Die „Hossl-Ev" hat er schon zurechtgewiesen, wäre ihr dabei aber fast unterlegen. Diese Frau ist verschlagen und hat vielleicht ein Mundwerk! Er begegnete ihr zufällig vorige Woche vor dem neuen Supermarkt. Manfred sprach sie darauf an, daß er „gesessen" sein soll. Zuerst stellte sie sich unwissend. Da wurde er etwas deutlicher. Darauf beschimpfte sie ihn, daß er es gefälligst unterlassen soll, eine alte Frau zu belästigen. So alt ist sie aber gar nicht. Ständig gingen Leute an ihnen vorbei, was diese „Schlange“ raffiniert ausnützte. Sie drehten sich nach ihnen um und warfen ihm strafende Blicke zu. Manfred war sogar gezwungen, sie noch – wenigstens zum Schein – zu grüßen. Dann zog er sich zurück. Diese Hexe aber lächelte ihm auch noch zu … Dafür soll sie büßen! Ihn so hinzustellen! Das soll sie noch bereuen. Er mußte nur anders vorgehen als neulich. Eigentlich hätte er sich denken können, wer den kürzeren ziehen würde …

Die Niederlage, noch dazu vor Publikum, giftete Manfred sehr. Die Rache würde hart ausfallen müssen, wenn er sein Selbstbewußtsein wiederhaben wollte. Er wußte noch nicht, wie er es bewerkstelligen sollte, es war aber klar, daß er sich rächen werde. Ohne Vorwarnung.

* * *

Der Unfallort bot ein Bild des Grauens. Beide Autos waren total zerfetzt. Teile lagen umher. Einige Leute waren dabei, den Verletzten zu helfen, es gab jedoch nichts mehr zu helfen. Ein älterer Mann lag am Fuße der Böschung. Man deckte ihn gerade zu. Er war tot. Es handelte sich um Herrn Tschurischnigg. Der andere war im Auto eingeklemmt, rührte sich auch nicht mehr. Sein Gesicht war unkenntlich. Er mußte mit der Bergeschere aus dem Wrack geholt werden. Die Rettungsleute halfen noch mit, dann benötigte man für beide Unfallopfer aber den Leichenwagen.

Die Kunde von dem schrecklichen Unfall verbreitete sich in Windeseile. Wer immer konnte, lief oder fuhr zur Unfallstelle. Sie befand sich an der Ortsausfahrt, wo die Straße eine scharfe Rechtskurve macht.

Für die Zuseher gab es noch viel zu sehen, obwohl der Leichenwagen gerade abfuhr. Die Autos mußten mit großer Geschwindigkeit zusammengeprallt sein. Man fand Teile in größerem Umkreis. Die Gendarmen bemühten sich zwar, die Unfallstelle abzusperren, doch die Neugier der Leute war stärker.

Daß der eine der beiden Toten Herr Tschurischnigg war, sprach sich schnell herum. Man erkannte auch seinen neuen schwarzen BMW, den er so geliebt hatte. Aber wer war der andere?

Beim anderen Auto handelte es sich um einen kleinen Peugeot mit einheimischer Nummerntafel. Man rätselte, um wen es sich handeln könnte, gab es doch mehrere kleine Peugeots im Ort.

„Ein junger Mann ist es", sagte jemand, der schon länger hier stand und den Toten noch gesehen, aber auch nicht erkannt hatte. Die Gendarmen hatten vielleicht aus den Fahrzeugpapieren erfahren, um wen es sich handelte, äußerten sich jedoch nicht.

Und dann entdeckte jemand etwas Aufregendes. Im Gras der Straßenböschung lag, neben dem BMW, eine Waffe, ein Revolver! Die Gendarmen wurden darauf aufmerksam gemacht. Alles drängte nun zu dieser Stelle. Ein Revolver! Viele hatten bis dahin noch nie einen gesehen. Die Tatsache, daß da eine Mordwaffe lag, brachte die Phantasie der Zuschauer gehörig auf Trab. Man wußte plötzlich nicht mehr, was man von all dem halten sollte. War das überhaupt ein Verkehrsunfall? Oder sollte nur einer vorgetäuscht werden? Was steckte wirklich dahinter?

Jedenfalls gab es zwei Tote. Das war unbestritten – und mehr als ausreichend dafür, daß sich Betroffenheit breitmachte. Die Leute gingen wieder nach Hause – mit zwei ungeklärten Fragen: Was bedeutet der Revolver? Und wer ist der zweite Tote?

Ganz Sankt Franzen wurde von dem Geschehen und der Ungewißheit erfaßt. Leute telefonierten, fragten bei Verwandten nach oder begaben sich einfach wieder auf die Straße, um mit anderen zu diskutieren. Jedem stand der Schrecken ins Gesicht geschrieben. Die Spannung stieg ins Unerträgliche. Einen derart tragischen Vormittag hatte Sankt Franzen noch nicht erlebt.

* * *

Eine Person gab es im Ort, die das Geschehene als nicht tragisch empfand. Sie wertete den Tod des Herrn Tschurischnigg als gerechte Strafe. Es war Emma, die Schwester der verstorbenen Frau Tschurischnigg. Gott hat mit diesem furchtbaren Menschen abgerechnet. Davon war Emma überzeugt. Herr Tschurischnigg hatte zu viel Schuld auf sich geladen – nicht nur, was er ihrer Schwester angetan hatte. So etwas mußte einmal kommen. Und was den Revolver betraf, war Emma überzeugt, daß Kurt diesen immer bei sich getragen hatte. Der ist eben dann beim Unfall herausgefallen. Tragisch war für Emma nur, daß auch ein Unschuldiger sein Leben hatte lassen müssen.

* * *

Dieser 4. November begann für die Familie Loser ganz normal. Martin stand um halb sechs auf, molk die beiden Kühe und fütterte sie. Dann bekam das Kalb noch seine Milch – „Flora" hatte vor einer Woche gekälbert. Nachdem er den frischen Mist auf den Misthaufen gebracht hatte – von den zwei Kühen sind es ja nur ein paar Gabeln voll –, wusch sich Martin und begab sich in die Küche. Hier hatte inzwischen Hedwig, die ebenfalls um sechs Uhr aufgestanden war, das Frühstück zubereitet. Beide genossen es in Ruhe.

Hedwig brachte die Torte, denn am Vortag war Martins Geburtstag gewesen. Sie feierten nicht, aber Hedwig wußte, daß Martin Süßes liebte. So buk sie ihm auch heuer eine Torte, eine Nußtorte. Martin aß am liebsten Nußtorte. Und Hedwig liebte

Martin. Also bekam er seine Nußtorte. Martin aß zwei Stück. Auch Hedwig verzehrte eines, die Kinder später zusammen eines. Morgen würde die Torte aufgezehrt sein. Martin gab die Hälfte seines zweiten Tortenstückes Hedwig: „Ich hab' heute keinen rechten Appetit", bemerkte er, „dafür aber Kopfweh."

Hedwig war besorgt und meinte, er solle bloß nicht krank werden. Dann weckte sie die Kinder. Sie wollten den Papa immer noch sehen, bevor er zur Arbeit fuhr. Auch Martin sah seine Kinder gerne. Es waren hübsche Kinder. Das Mädchen sah der Mutter ähnlich, hatte schönes, dunkelbraunes Haar und dunkle Augen. Martin war stolz auf seine Tochter, auf seinen Sohn nicht weniger. Der glich mehr ihm, hatte helles, blondes Haar und blaue Augen.

Nun mußte Martin aber los! Seine Tochter schmiegte sich an ihn und gab ihm einen Kuß auf die Wange. Er blickte zärtlich zurück. Dann fuhr er los.

Hedwig streute den Kühen ein. Ihre Eltern hatten Arbeit mit sich selbst. Der Vater war todkrank, und die Mutter ließ auch stark nach. Aber sie mußten jetzt nicht mehr arbeiten, das erledigten Martin und Hedwig. Dann widmete sich Hedwig den Kindern, Marianne besuchte das erste Jahr die Schule und der kleine Martin den Kindergarten.

* * *

Martins Kopfschmerzen wurden immer stärker. Sollte er es dem Chef mitteilen? Bis zur Firma – Martin hatte etwa zehn Minuten zu fahren – konnte er sich das ja noch überlegen. Als er im Betrieb war, erzählte Martin dem Chef doch von den heftigen Kopfschmerzen.

Der Chef kannte Martin gut und wußte gleich, daß er nicht markierte. In all den Jahren, seit Martin bei ihm beschäftigt war, hatte er nicht einen einzigen Tag Krankenstand beansprucht.

Er riet ihm daher, wieder nach Hause zu fahren, und gab ihm für diesen Tag frei. Martin befolgte den Rat und fuhr gemächlich wieder heimwärts.

* * *

Das Schicksal eines Menschen ist unergründlich. Kann man ihm ausweichen, entrinnen? Martin jedenfalls konnte es nicht. Er befand sich in jener Kurve, als Tschurischniggs Wagen daherschoß. Er konnte nicht mehr reagieren. Er sah einen Augenblick etwas auf sich zukommen, spürte einen dumpfen Schmerz, dann schwanden ihm die Sinne ...

* * *

Daß ein Gendarmerieauto vor einem Haus in Sankt Franzen hält, ist äußerst selten. Warum sollte es auch? Hier stiehlt keiner was, hier verbricht niemand etwas.

Es war daher mehr als auffallend, als vor dem Haus der Schirhaggls ein solches Fahrzeug hielt. Heute wog das doppelt, weil man nun wußte, wer der zweite Tote war: Martin Loser war es, der Schwiegersohn der Schirhaggls. Hatten ein paar Nachbarn zuerst nur eine Vorahnung, daß Martin der zweite Beteiligte an diesem schrecklichen Unfall sein könnte – Martin hatte einen kleinen Peugeot –, so war jetzt die Bestätigung da.

Das Schicksal kann hart sein, sagte sich jeder und griff zum Telefon. So wußten schon am späten Vormittag alle, was passiert war und wen es getroffen hatte. Die Spannung löste sich langsam, und Mitleid ergriff die meisten.

Für Hedwig brach eine Welt zusammen. Zwei Gendarmen versuchten, „es“ ihr schonend beizubringen. Aber wie kann so eine Nachricht schonend überbracht werden? Im ersten Moment konnte es Hedwig gar nicht glauben. Martin befinde sich in der Arbeit, stammelte sie immer wieder. Er konnte es also gar nicht sein. Die Gendarmen hätten ihr nur zu gerne geglaubt, zu gerne hätten sie ihr recht gegeben. Aber sie konnten es nicht. Sie hatten Beweise, daß Martin Loser der Tote war.

Plötzlich erinnerte sich Hedwig an Martins Kopfschmerzen. Ihr Herz krampfte sich zusammen. Womöglich waren sie stärker geworden und Martin doch wieder heimgefahren ... Langsam wurde ihr schwarz vor den Augen, und alle Kraft wich aus ihr ...

* * *

Der Unfall und seine schrecklichen Folgen bestimmten für einige Tage das Leben in Sankt Franzen. Manche gingen noch einmal, einige zum ersten Mal, zum Unfallsort, zur scharfen Rechtskurve an der Ortsausfahrt. Man diskutierte lebhaft, wie sich der Unfall dort wohl abgespielt haben könnte. Wahrscheinlich ist der Tschurischnigg dem Loser Martin hineingefahren. Mit großer Wucht. Aber warum befand sich Martin nicht in der Arbeit? Er war ja, wie es schien, heimwärts unterwegs. Und dann war da noch der Revolver. Man wußte noch immer nicht recht, was man davon halten sollte.

* * *

Ein paar Buben, die sonst überall dabei waren, wenn es etwas zu sehen gab, gingen nicht zur Unfallstelle. Auch sie hatten gehört, was sich ereignet hatte, gingen aber trotzdem nicht hin wie die anderen. Sie wären dort womöglich den Gendarmen begegnet – etwas, worauf sie wenig Lust hatten. Womöglich hatte man die drei Buchstaben schon entdeckt, die sie in Tschurischniggs BMW eingeritzt hatten. Und dann noch die Beule an der Kühlerhaube!

Sie hätten sich nicht sorgen müssen. Der BMW war derart stark beschädigt, daß man die Spuren des dreisten Bubenstükkes nicht mehr feststellen konnte. Auch wäre wohl niemand auf den Gedanken gekommen, die Kratzer könnten andere Ursachen haben als den Unfall.

Die Buben sorgten sich umsonst. Daß alldings sie es waren, die mit ihrem Streich – sie glaubten, dem Tschurischnigg damit einen Streich gespielt zu haben – das ganze Unheil heraufbeschworen hatten, auf diesen Gedanken werden sie wohl nie kommen ...

* * *

Manfred Sackl hielt an, stieg aus und besah sich die Überreste des Unfalls. Er war untertags auswärts gewesen und hatte erst abends von Lori erfahren, was vorgefallen war. Der BMW lag noch da – ein Totalschaden. Daß dieser Spinner so schnell fahren mußte! Und dabei wurde Martin Loser, vermutlich ganz unschuldig, getötet.

„Ja, das Schicksal kann hart sein", sagte Manfred zu sich selber. Er wußte nicht, daß es das Schicksal mit ihm gut gemeint, daß dieser Unfall einen Irren gestoppt hatte, der nur deshalb durch die Gegend gerast war, um ihn, Manfred Sackl, zu töten!

* * *

Kurt Tschurischnigg und Martin Loser wurden am 8. November nachmittags um zwei beerdigt. Eine in Sankt Franzen noch nie dagewesene Anzahl von Trauergästen begleitete die beiden zur letzten Ruhestätte. Viele weinten – einige um Herrn Tschurischnigg, die meisten aber um Martin Loser.

Hedwig Loser hielt sich gut und machte den Eindruck einer tapferen Frau. Welchen Wert aber hatte das Leben noch für sie?

Ohne Martin! Die letzten Tage hatte sie wie in einem Trancezustand verbracht. Zuerst hatte sie nur geweint – geweint, bis sie keine Tränen mehr hatte. Ihre Mutter versuchte immer wieder, sie zu trösten, doch sie fand nicht die richtigen Worte; weinte selbst auch. „Warum gerade Martin?" – „Warum wurde sie, Hedwig, so bestraft?" Diese Fragen brachte sie nicht mehr aus ihrem Kopf, ließen sie nicht schlafen, drohten, sie um den Verstand zu bringen. Warum nur konnte das Leben so ungerecht, so grausam sein? Warum?

Der Doktor – die Mutter hatte ihn gerufen – gab ihr etwas Beruhigendes; der Pfarrer sprach mit ihr. Zuerst glitt alles an ihr ab. Sie hörte kaum zu, wollte, konnte auch gar nicht zuhören. Der Pfarrer, ein gütiger und verständnisvoller Mann, drängte sie nicht zum Reden, besuchte sie am nächsten Tag wieder. Allmählich, ganz langsam, faßte Hedwig Vertrauen zu ihm. Er hatte sie und Martin damals getraut ... es war so schön gewesen ... Für ein paar Augenblicke sah Hedwig dieses Bild, wie sie und Martin in der Kirche knieten, sich das Jawort gaben – sie war so glücklich ... Plötzlich verschwand das Bild, und schonungslos erfaßte die harte furchtbare Realität sie wieder. Sie hätte aufschreien wollen vor Schmerz, brach in bitteres Schluchzen aus; danach wurde sie wieder ruhiger. Da waren ja noch die Kinder!

Zuerst hatte Hedwig gar nicht mehr leben wollen; jetzt schämte sie sich dieser Gedanken. Die Kinder sollten jetzt der Mittelpunkt ihres Lebens sein! Sie wird ihnen eine gute Mutter sein. Hedwig nahm sie in die Arme, drückte sie fest an ihr Herz – und beide schmiegten sich an sie.

* * *

Am Tag nach der Beerdigung von Martin war Hedwig wieder dem Wahnsinn nahe. Die letzten Tage waren hektisch gewesen. Martin war daheim aufgebahrt gewesen. Das ist noch

Brauch bei uns. Betleute waren gekommen und gegangen, hatten ihr Beileid ausgedrückt. Das hatte abgelenkt. Nach dem Begräbnis wurde Hedwig die Leere erst richtig bewußt. Tagsüber hatte sie zu arbeiten, aber am Abend ...

Die Kinder wurden in das Zimmer gebracht, eine Geschichte wurde vorgelesen, und dann, dann machte sie ihnen – zum ersten Mal seit langem – wieder das Kreuzzeichen auf Stirn, Mund und Brust. Hedwig war nicht bewußt, warum sie es tat, sie machte es. Es beruhigte sie sogar. Vielleicht gibt es doch einen Gott, der über sie wacht. „Nein", begehrte sie auf, „es gibt keinen gütigen Gott, sonst hätte Martin nicht sterben müssen! Es gibt keinen Gott; das ist alles nur Gerede, alles Einbildung, alles erfunden und erlogen!"

Sie blickte hinauf zum Kruzifix, das in der Stube hing, und war nahe daran, es herunterzureißen. Sie sah lange hinauf, sehr lange.

Plötzlich stand sie auf und nahm das Kreuz von der Wand. Behutsam berührte sie mit den Fingern den kleinen geschnitzten Herrgott. Sie weinte. Tränen liefen ihr über die Wangen, benetzten den kleinen Herrgott. Hedwig schluchzte herzzerreißend – es war ein befreiendes Weinen.

Nun hatte sie auch noch dem Herrgott die Schuld gegeben, und dabei war dieser selbst von den Menschen ans Kreuz geschlagen worden.

Hedwig betrachtete ihn lange. Langsam begann ihr Herz, wieder zu Gott zu finden. Sie schämte sich ihrer Gedanken, die sie in ihrer Verzweiflung, in ihrem ohnmächtigen Zorn gegen den Gekreuzigten gedacht hatte.

Darf man Gott einfach die Schuld geben, wenn es einem schlechtgeht? Und ihn ebenso schnell vergessen, wenn alles gutgeht? Hedwig begann leise zu beten ...

* * *

Willy Schiffer brachte die Sache doch zur Anzeige. Und erwies damit Sankt Franzen und sich selbst keinen guten Dienst. Die Zeitungen berichteten wieder von diesem Ereignis – man weiß ja, wie die solche Skandale ausbreiten –, und die Planung für das „Happy Center“ geriet ins Stocken.

Willy befand sich vier Tage lang im Krankenstand. Dann fühlte er sich wieder gesund. Er hatte viel Zeit nachzudenken. Über die Versammlung, über das „Happy-Center“ und über die Bevölkerung von Sankt Franzen. Willy fühlte nicht einmal Zorn oder Rachegefühle. Doch etwas beschäftigte ihn sehr, eine Antwort konnte er jedoch nicht finden:

Wie war es nur möglich gewesen, daß sich Leute, die seine Nachbarn waren oder Bekannte, die ihn immer grüßten, manchmal sogar ein paar Worte mit ihm wechselten, plötzlich in Tiere verwandelten und über ihn herfielen? Ja, er hatte sich gegen die Mehrheit gestellt. Aber war das ein Grund, ihn zu verprügeln? Willy kam zu dem Schluß, daß es für die Ausschreitungen keine Rechtfertigung gab, und zeigte die Sache an.

Karin, Willys Frau, war sehr besorgt. Um ihren Mann und um ihre Zukunft. Einige Tage später wurde ihre Sorge auf erschrekkende Art bestätigt. „Schiffer“, meldete sie sich, als sie den Hörer abhob. „Ihrem Mann“, prophezeite eine unbekannte Stimme, „wird etwas zustoßen. Er hat es verdient.“ – Dann wurde aufgelegt.

Hatte Karin im ersten Moment noch gedacht, der Anrufer habe sich verwählt, diese eiskalte Drohung gelte einem anderen, so begriff sie schnell, daß dies nur Wunschdenken war. Sie begriff, daß der Anruf für sie bestimmt war. Der Anrufer mußte gewußt haben, daß sie alleine zu Hause war, alleine mit ihrer kleinen Tochter. Die größere ging bereits zur Schule.

„Ihrem Mann wird etwas zustoßen.“ Die Drohung hämmerte in ihrem Kopf, und Karin fühlte, wie Angst ihr das Herz zusammenschnürte. Sie fing zu zittern an und überlegte fieberhaft, was sie tun sollte. Willy war im Betrieb. Sie mußte ihn warnen. Am besten wäre wohl gewesen hinzufahren. Womit? Sie hatte kein Auto, Willy war damit zur Arbeit gefahren. Also anrufen! Sie mußte ihn zumindest anrufen! Oder doch nicht? Vielleicht hatte sich der Anrufer nur einen üblen Scherz erlaubt? Aber nein, solche Scherze machte man nicht, auch hatte diese Stimme nicht nach einem Scherz geklungen. Karin rief Willy an.

Willy versuchte, sie zu beruhigen. Er werde, sobald es möglich sei, heimkommen. Ja, er werde gut aufpassen auf sich. Sie würden alles in Ruhe besprechen. „Ich liebe dich, Karina", sagte er zuletzt. Karins Gesicht hellte sich etwas auf. „Karina", hatte er gesagt. Das war ihr Kosename. Er gebrauchte ihn nicht mehr oft. Doch nun, gerade eben, hatte er sie so genannt. Ihr wurde wieder wohler ums Herz.

* * *

Willy Schiffer kam dieser Tag endlos vor. Er wollte so schnell wie möglich heim zu seiner Familie. Karin hatte am Telefon sehr aufgeregt geklungen. Er konnte aber seinen Arbeitsplatz nicht einfach verlassen.

Um 16 Uhr endete die Arbeit im Betrieb. Herr Schiffer fuhr sofort los. Er beeilte sich, nach Hause zu kommen. Um zwanzig nach vier schon war er daheim. Sonst schaffte er es nie vor halb fünf.

Er stieg aus, rannte die paar Schritte bis zur Haustür – und stutzte. Die Eingangstür war versperrt. Sie wohnten im Erdgeschoß. Karin sperrte untertags selten zu. Auch war alles unnatürlich still. Sonst konnte er immer seine Töchter herumtollen hören.

Willy Schiffer läutete, Sekunden vergingen. Er läutete noch einmal, doch nichts rührte sich. Nun hörte er das Telefon klingeln, aber niemand hob ab. Und niemand sperrte auf. Willy spürte, wie ein dumpfes Angstgefühl langsam von ihm Besitz ergriff.

* * *

Karin hatte sich nach dem Telefongespräch mit ihrem Mann wieder etwas beruhigt. Fast konnte sie über ihre Ängstlichkeit lachen – da hat sich jemand einen Scherz erlaubt, und sie ist voll darauf hereingefallen. Minuten später packte sie aber wieder die innere Unruhe. Diese Stimme, sie hatte so zynisch geklungen. Karin konnte sich nicht erinnern, diese Stimme jemals gehört zu haben. Aber – Stimmen konnte man auch verstellen.

Dann kochte sie für sich und ihre Töchter, obwohl sie nicht sicher war, tatsächlich Appetit auf etwas zu haben. Auch während des Kochens ging ihr der Anruf nicht aus dem Sinn.

Später, gegen halb zwei, läutete wieder das Telefon. Es war ein schrilles Läuten. Jedenfalls kam es Karin so vor. Ihr Herz begann, schneller zu schlagen. War es wieder dieser Mann – oder sonst jemand? Sie streckte die Hand aus, um den Hörer abzuheben, zog sie aber wieder zurück, kämpfte mit ihren Gefühlen.

Vielleicht war es ein Fehler, nicht abzuheben, dachte sie. Da hörte das Läuten auf. Es kam ihr der Gedanke, daß es auch Willy hätte sein können, der ihr noch etwas sagen oder sie trösten wollte. Er konnte das so gut. Karin bereute, nicht abgehoben zu haben. Sie war unfähig, etwas zu tun. Sie hatte ursprünglich vor, die Wäsche zu waschen und einkaufen zu gehen. Aber sie saß nur da …

Um zwei läutete das Telefon zum dritten Mal. Karin nahm allen Mut zusammen und hob den Hörer ab – es war ihre Mutter. Sie wollte sich erkundigen, wie es ihnen ging. „Willy arbeitet wieder!“ meinte sie vorwurfsvoll, „Hätte er damit nicht noch ein paar Tage warten sollen?“ Und wo sie, Karin, denn gewesen sei, weil sie bereits vor einer halben Stunde angerufen habe. Karin erzählte, was vorgefallen war.

„Du Arme“, jammerte es am anderen Ende der Leitung, „ja, hast du denn nicht sofort die Gendarmerie verständigt?“ tönte es dann kämpferischer. Nein, daran hatte Karin nicht gedacht. So etwas mußte sie zuerst mit ihrem Mann besprechen.

„Ich komme zu dir“, erklärte die Mutter abschließend – in einem Ton, der keine Widerrede zuließ. Kurze Zeit später kam sie bei Karin an, ließ sich noch einmal alles genau erzählen, wußte danach aber ebensowenig, was zu tun sei.

Um Karin auf andere Gedanken zu bringen, überredete sie ihre Tochter, mit ihr einkaufen zu fahren. Die beiden Mädchen kamen natürlich auch mit. Der Nachmittag verging im Nu, und zuletzt mußten sie sich beeilen, um nicht nach Willy nach Hause zu kommen. Sie schafften es, genau um halb fünf daheim zu sein. Willy war schon da.

* * *

Willy hatte zehn lange Minuten ausgestanden. Er war dann aber so froh, seine Familie heil wiederzusehen, daß er von seinen durchgestandenen Ängsten kaum etwas erwähnte. Man beschloß – nach reiflicher Überlegung – vorerst nichts zu unternehmen.

* * *

Am nächsten Tag erzählte die ältere Tochter etwas Seltsames: Sie saß in der Schule ab sofort nicht mehr neben Sandra. Sie habe Sandras Mutter in der Schule gesehen, wie sie mit der Lehrerin sprach in der großen Pause.

Karin kam ein ungeheuerlicher Verdacht. Sie beschloß, der Sache sofort auf den Grund zu gehen, erst gar nicht zu warten, bis Willy von der Arbeit nach Hause kommen würde. Karin nahm ihre beiden Mädchen und ging zur Schule.

Die Lehrerin suchte nach glaubwürdigen Erklärungen. Auch andere Kinder würden immer wieder versetzt. Karin schüttelte den Kopf, glaubte es nicht und meinte, das sei eine Ausrede. Dann erwähnte sie Sandras Mutter. Das brachte die junge Lehrerin in arge Verlegenheit. Schließlich gab sie zu, daß Sandras Mutter auf der Versetzung bestanden habe. „Weil das Schiffer-Mädchen immer alles abschaut", soll die Tochter geklagt haben. Und sie nicht in Ruhe lernen lasse. „Ihr Mann ist Gemeindevorstand", fügte die Lehrerin entschuldigend hinzu. Karin hatte genug gehört – und verstanden. Nach außen ruhig, aber innerlich kochend, verließ sie die Schule.

* * *

Am nächsten Tag ging Karin zu ihrem „Donnerstagskaffee". Sie hatte am Abend mit Willy lange diskutiert und beraten. Über die Vorfälle der letzten Zeit und im besonderen wegen dem Ereignis in der Schule. Es war jetzt offenkundig, daß man sie verletzen wollte, sie als „unerwünschte Person" ansah. Willy hätte es nicht anzeigen sollen – es war ein Stich ins Wespennest. Und jetzt begannen die Wespen zu stechen.

Karin wollte zum „Donnerstagskaffee" gar nicht hingehen, doch Willy drängte sie. Schließlich sah sie ein, daß es ein Fehler wäre, sich jetzt ins Schneckenhaus zurückzuziehen. Ihre Mutter kam, um auf die Enkel aufzupassen, und Karin ging zu Marie-Helen. Heute trafen sie sich dort. Sie sind zu siebt. Sieben Damen. Karin war vor zwei Jahren dazugekommen. Besser gesagt, aufgenommen worden. Es ist kein Verein, kein Club oder sonst etwas. Sie treffen sich nur jeden zweiten Donnerstag, reden über dies und jenes und trinken Kaffee. Deshalb nennen sie ihre Zusammenkünfte „Donnerstagskaffee".

Er findet jedesmal bei einer anderen statt. Diesmal eben bei Marie-Helen. Karin freute sich auf die nächsten Stunden.

* * *

Vanessa hatte Marie-Helen und die anderen Damen angerufen, daß der „Donnerstagskaffee“ diesmal bei ihr stattfinde und daß alle kommen müßten, weil es Wichtiges zu besprechen gebe. Vanessa war der Kopf der Runde. Also traf man sich heute bei ihr. Nur Karin fehlte.

Nach der Begrüßung begann Vanessa ohne Umschweife: „Es hat sich in den letzten Tagen viel Tragisches zugetragen bei uns, wie wir alle wissen. Dieser schreckliche Unfall“, sie machte eine kurze Pause und fuhr dann fort, „aber schon zuvor ist etwas passiert. Etwas, das nicht nur Einzelpersonen, sondern unsere ganze Gemeinde“, sie verbesserte sich, „unsere ganze Heimat betrifft.“ Allen war klar, was sie meinte.

„Deshalb habe ich mir erlaubt, Frau Schiffer nicht mehr einzuladen.“ Sie blickte in die Runde. Alle schwiegen, Gudrun und Ingeborg nickten. Vanessa fragte: „Oder habt ihr etwas dagegen?“ Stille. Gudrun meldete sich als erste: „Wir haben die Schiffers vielleicht zuwenig gekannt. Oder Karin hat sich so gut verstellt. Jedenfalls finde ich es richtig, daß Vanessa sie nicht mehr einlädt.“ Sie blickte in zustimmend nickende Gesichter.

Allmählich löste sich die Spannung, und alle fanden es nun richtig, Karin auszuschließen. Schließlich waren sie Frauen mit Niveau – und hatten keine Männer mit hinterwäldlerischen Ansichten.

Der „Donnerstagskaffee“ verlief dann – nach der anfänglichen Spannung wegen dieser widerlichen Sache – doch recht unterhaltend.

* * *

Bei Marie-Helen war die Haustür verschlossen. Karin läutete. War sie zu früh dran? Sie blickte auf die Uhr. Es war drei Minuten vor zwei. Sie läutete noch einmal. Hatte sie sich im Tag geirrt? Aber es war doch Donnerstag, oder?

Da rief ihr die Nachbarin, die sie wahrscheinlich schon länger beobachtet hatte, zu: „Die Marie ist nicht da, die ist vor etwa einer halben Stunde weggefahren." Dann wurde das Fenster wieder geschlossen. Karin traf es wie ein Blitz. Sie fühlte ohnmächtigen Zorn und tiefe Traurigkeit. Sie bebte am ganzen Körper. Da fiel ihr ein, daß sie beobachtet wurde, und zwang sich, gelassen nach Hause zu gehen.

Karin traf die Demütigung sehr. Wenn sie ihr wenigstens mitgeteilt hätten, daß sie nicht mehr erwünscht sei. Aber sie es auf solche Art spüren zu lassen ... Sie konnte die ganze Nacht nicht schlafen, bekam Fieber und war fast eine Woche krank.

* * *

Ein neues Gerücht machte in Sankt Franzen die Runde. Der „Arbeit-Naz" war vom Altersheim ins „Gelbe Haus" eingeliefert worden. Es heißt, er habe den Leiter des Altenheims umbringen wollen! Hossl-Ev hatte diese Nachricht nach Hause gebracht. Sie war bei einer Verwandten im Wohnheim zu Besuch gewesen. Den genauen Hergang allerdings kannte sie nicht. Ein älterer Mann, den sie nicht näher kannte, hatte behauptet, Naz habe ihm einmal erzählt, er werde jemanden umbringen. Einen, der es verdient habe. Mehr wußte der alte Mann auch nicht.

Ev war schleunigst nach Sankt Franzen zurückgefahren. Das mußte sofort erzählt werden. Unterwegs, im Postauto, machte sie sich ihre eigenen Gedanken. „Er wollte jemanden umbringen, aber wen?" Sie sprach es leise vor sich hin. „Wen wollte der Naz umbringen?" Plötzlich fiel es ihr ein. Sie hatte bei einem früheren Besuch einmal mitbekommen, daß Naz Schwierigkeiten mit dem Leiter des Heimes hatte. Den wollte er also umbringen! Vielleicht hatte er es schon versucht – oder gar getan! Warum wohl hätte man ihn sonst ins Narrenhaus gesteckt? Ev hatte es immer schon gewußt, daß der Naz einmal schlecht enden wird.

Dieses verdammte Postauto fuhr heute besonders langsam – und Ev hatte so interessante Neuigkeiten ...

* * *

Dem Leiter des Altenwohnheimes war das eigenartige Verhalten des Naz seit längerem aufgefallen. Nach dem Abendessen verschwand Naz sofort in seinem Zimmer, sperrte ab und ließ nichts mehr von sich hören. Ein paarmal fuhr er nachmittags weg – mit dem Postauto – und kehrte später mit diesem wieder zurück. Einmal fiel ihm auf, daß Naz die Tasche, die er mit sich hatte, verstecken wollte, als er das Haus betrat. Das alles hatte ihn stutzig gemacht, und er beschloß, mit Naz bei Gelegenheit ein ausführliches Gespräch zu führen. Womöglich hatte er Probleme, von denen niemand etwas ahnte. Also klopfte er eines Abends gegen halb acht beim Naz an die Tür. Zuerst rührte sich nichts. Er klopfte noch einmal. Da hörte er Schritte, ein Stuhl fiel um, eine Kastentür wurde geöffnet, wieder verschlossen und versperrt. Dann fragte Naz von drinnen: „Ist da wer?" Danach sperrte er auf.

„Alles in Ordnung", beteuerte Naz immer wieder. Er sei gerne da, es gehe ihm gut, es passe alles ... Als Naz gefragt wurde, ob er im Kasten etwas aufbewahre, Geld vielleicht, schreckte er zusammen. Dann erst begriff er. Ob er Geld aufbewahre? Nein, er bewahre kein Geld auf. Er lachte: „Nein, ha, ha, ha, ich habe ja gar keines ..."

Der Heimleiter war nicht so schlau, wie Naz befürchtet hatte. Wahrscheinlich hatte er von draußen gehört, wie Naz die Kastentür geöffnet und wieder verschlossen hatte. Und glaubte nun, Naz verstecke Geld im Kasten. Das glaubte der Naz. Er wurde jäh aus seinen Träumen gerissen, bat sein „Besucher" doch plötzlich, Naz möge den Kasten aufsperren!

Im Kopf des Naz begann ein Sausen, das stärker wurde, in ein dumpfes Dröhnen überging und ihm langsam den Verstand raubte. Er sah feurige Ringe vor den Augen, fuchtelte mit den Armen in der Luft herum und stellte sich schützend vor die Kastentür. Niemand, auch nicht der Heimleiter, den er jetzt haßte, würde in seinen Kasten schauen! Da müßte man ihn zuerst erschießen, sonst werde er den Weg nicht freigeben!

Der Leiter des Altenwohnheimes ging nach unten, rief einen Arzt, und gemeinsam kamen sie ins Zimmer zurück. Naz saß zusammengekauert vor seinem Kasten, sprach wirres Zeug und machte den Eindruck eines angeschossenen Tieres.

Im Kasten fand man drei neue, große Messer und einen Strick, bei dem das Ende zu einer Lassoschlinge zusammengeknotet war. Dann entdeckten sie das Heft. Sie kannten nun den Grund für das rätselhafte Verhalten vom Naz. Der Inhalt des Heftes reichte aus, um Naz für nervenkrank zu erklären und in die Nervenheilanstalt zu bringen.

* * *

Die nächsten Wochen verliefen ruhig in Sankt Franzen. Spätherbstliches Schönwetter – der Altweibersommer – wechselte mit grauen Nebeltagen. Es wurde kühler.

Ab und zu unterhielt man sich noch über den tragischen Unfall und bedauerte Hedwig Loser, die ihren Gatten verloren hatte. Alle Leute waren hilfsbereit ihr gegenüber. Ihr Vater lag im Spital – er wird es wahrscheinlich nicht mehr lange machen. Auch die Mutter kränkelte.

Hedwig hatte also genug zu tun. Wer weiß, womöglich wird es ihr einmal zuviel, und sie verpachtet oder verkauft das kleine

Anwesen, das kleine Anwesen der Schirhaggls – fast mitten im Dorf …

* * *

Sonst ereignete sich nichts. Doch! Vorgestern! Willy Schiffer zog mit seiner Familie von Sankt Franzen weg. Sie sollen jetzt bei der Mutter von Frau Schiffer wohnen. Sie besitzt ein Haus in der Nachbargemeinde.

Ja, die Schiffers … Anfangs waren sie so nette Leute, sind kaum aufgefallen, bis zu dieser Versammlung. Ganz unrecht hatte er vielleicht gar nicht mit seinen Bedenken. 50 Millionen sind ein großer Brocken für eine kleine Gemeinde. Aber Geld bekommt man ja … Und der Aufschwung wird gewaltig sein!

Karin Schiffer geht es wieder besser. Sie war einem Nervenzusammenbruch nahe gewesen. Schuld daran war der zweite Anruf. Jede Nacht wachte sie auf, glaubte, das Telefon gehört zu haben, und begann, am ganzen Leib zu zittern. Deutlich vernahm sie diese häßliche Stimme. „Wir werden zuvor noch ein paar nette Schweinereien machen!" hatte „er" gesagt.

Karin weckte Willy. Das ging einige Nächte so. Dann ließen sie ihr Telefon überwachen. Aber was geschehen war, war geschehen. Karin litt sehr darunter. Da handelte Willy.

Sie zogen zu Karins Mutter; so schnell ließ sich keine neue Wohnung finden. Aber er würde eine finden, das war Willy seiner Familie schuldig. Willy machte sich Selbstvorwürfe. Er war schuld an allem. Hätte er den Dingen ihren Lauf gelassen! Willy wußte nicht mehr, was richtig und was falsch war. Die Wohnung in Sankt Franzen wird sich verkaufen lassen.

Sie sind ungern fortgezogen. Sie hatten sich in den letzten Jahren so gut eingewöhnt. Eine schöne Gegend hier. Karin hatte Anschluß gefunden bei einigen Frauen, die Kinder hatten Freunde, und auch Willy hatte sich nie als Fremder gefühlt. Bis zu jener Versammlung. Da hatte er die Leute von Sankt Franzen erst richtig kennengelernt – und ihr wahres Gesicht.

Die Ablehnung gegen ihn wurde spürbar. Dann wurde noch zu diesen unfairen Mitteln gegriffen, seine Frau am Telefon terrorisiert. Schließlich wurde der Entschluß gefaßt, aufzugeben und zu weichen. Familie Schiffer verließ Sankt Franzen.

* * *

Es schneite leicht am 2. Dezember. Am Vormittag hatte es angefangen, nachmittags wurden die Flocken wäßrig, gegen Abend hörte es auf. Die Diskothek in Sankt Franzen hatte nach dem Urlaub zum ersten Mal wieder geöffnet.

Es herrschte reger Betrieb. Auch von auswärts waren Leute gekommen, junge und sehr junge. Ein paar ältere halten sich auch immer wieder hier auf. So auch Herr Geist. Er saß an der Bar. Er sitzt meistens an der Bar. Von der Bar aus kann er alles überblicken.

Auch Hugo, der Sohn von Frau Schullert, war anwesend. Er war nicht gut zu sprechen auf den Geist. Sagte man. Hugo hatte früher ja bei ihm gearbeitet, bis er dann gemeinsam mit Martin Loser entlassen worden war. Nicht wegen schlechter Leistung, sondern weil Herr Geist seinen Betrieb „rationalisieren" wollte. Oder mußte.

Aus dem Abend wurde Nacht. Heiße, laute Rhythmen feuerten die Tanzenden an. Auch Herr Geist tanzte. Mit einer hübschen Schwarzen. Später dann – es war ungefähr zwei Uhr früh – ereignete sich etwas. Zuerst merkte niemand, was geschehen war. Dann begaben sich einzelne nach draußen. Sie kamen zurück und erzählten aufgeregt, was sie gesehen hatten.

Nun drängten alle hinaus – und bekamen zu sehen, was die meisten bisher nur aus dem Kino oder vom Fernsehen kannten. Einigen stockte fast der Atem, andere waren dem Erbrechen nahe. Es war ein grauenvoller Anblick, und man verzog sich langsam …

* * *

Die Kunde von der Messerstecherei vor der Diskothek verbreitete sich in Windeseile. Messerstecherei war vielleicht etwas übertrieben. Dazu gehörten ja mehrere, und man sah sonst niemanden. Thomas Geist aber wäre dabei fast umgekommen. Umstände und Tathergang kennt niemand. Es passierte ja vor der Diskothek. Als einige heimgehen wollten, sahen sie ihn liegen, blutüberströmt, dem Tod näher als dem Leben. Die Ärzte aber meinten, er werde durchkommen.

Der schöne Herr Geist hatte nur wenige Freunde. Nicht, daß ihm jemand den Tod gewünscht hätte, das nicht, aber abgegangen wäre er wohl auch niemandem. Doch! Er hatte ja eine Firma. „Tom's Hundemüsli"! Wahrscheinlich hätte man sie zugesperrt, und wieder wären einige arbeitslos geworden. Man argwöhnte, mit dem Geist habe jemand wegen seiner Weibergeschichten abrechnen wollen. Die Gendarmerie ermittelt.

* * *

Manchen Leuten gab dieser Vorfall, der für neue Schlagzeilen sorgte und nicht gerade eine Werbung war für Sankt Franzen, doch zu denken. Wenn man es genau betrachtete, war im Dorf in letzter Zeit auffallend viel passiert, fast zu viel!

Alles Zufall? Was sollte es sonst sein? Es gibt eben Zeiten, wo viel passiert, dann ist es jahrelang wieder ruhig. Und doch – ein Unbehagen beschlich die Dorfbewohner. Zumindest manche. Es hat zu viele tragische Ereignisse gegeben, meinen sie.

Den Anfang machte der „Joch-Toni". Lag einfach da, im Freien. Im Winter. Und ist erfroren. Aber bei der Kälte, die damals herrschte, fast normal. Dann fiel Frau Tschurischnigg vom Balkon. Auch so etwas kann hin und wieder passieren. Als ihr Mann sie fand, war es bereits zu spät. Als nächstes passierte dann der schreckliche Unfall. Herr Tschurischnigg und Martin Loser kamen dabei ums Leben. Das war wohl das Grauenhafteste bisher.

Als dann noch der „Arbeit-Naz“ durchdrehte und dabei den Chef des Altenwohnheimes umbrachte – oder es zumindest vorhatte –, war das nicht mehr als eine interessante Neuigkeit, die niemandem mehr unter die Haut ging. Daß ein Mensch so tief sinken konnte!

Und dann noch das Attentat auf den Herrn Geist. War das alles noch normal, nur Zufall? Aber was war es sonst? Mit Absicht tut bei uns keiner einem anderem etwas. Sicherlich gibt es ab und zu Meinungsverschiedenheiten zwischen den Leuten, kleinere und größere Reibereien. Aber mehr? Ja, im Radio hört man öfter davon, daß sich anderswo die Leute nicht vertragen, sich sogar gegenseitig umbringen. Oder im Fernsehen. Da zeigen sie solche Tragödien …

* * *

„Hossl-Ev“ – sie wird langsam einfältig – behauptete neulich, das alles gehe mit dem Teufel zu. Der Teufel habe seine Hand im Spiel. Von den meisten wird sie ausgelacht. Wer glaubt denn heute noch an den Teufel? Aber nicht alle lachten darüber …

Der Teufel hat auch ihren „Fredi“ erwürgt, ihren schönen gutgenährten Kater. Bis gestern jedenfalls war er es. Jetzt gibt es ihn nicht mehr. Er lag in der Früh vor ihrer Haustür, tot und starr. Man konnte keine Verletzung feststellen. Deshalb kam der Ev der Gedanke, der Teufel gehe um in Sankt Franzen. Ev hatte deshalb keine Angst. Ängstlich war sie nie. Angst war für sie nur eine zwecklose Strapazierung der Nerven. Wen er haben will, den holt er sich eben. Ob man sich nun fürchtet oder nicht. Gestern war halt der „Fredi“ dran …

Herr Zickler hält nichts von solchen Märchen. Er ahnt oder weiß vielleicht mehr, behält es aber für sich. Er hat noch einiges vor. Morgen, morgen wird sein Tag sein. Der Tag der Abrechnung.

* * *

Donnerstag, 11. Dezember. Der Tag begann wie jeder andere. Die Leute von Sankt Franzen standen auf, frühstückten und fuhren zur Arbeit oder arbeiteten daheim. Es leben nur fleißige Leute in Sankt Franzen.

Das Wetter war unfreundlich, zum Schneien zu warm, zum Regnen zu kalt. Am Nachmittag setzte kurz Schneeregen ein, dann blies wieder der Wind. Die Damenrunde, die sich zum „Donnerstagskaffee“ traf, flüchtete in das warme Wohnzimmer von Gudrun. Und bedauerte dann, daß es nicht mehr so richtig schneie wie früher. Wie das Wintergeschäft heuer ausfallen werde? Sie hatten allerdings auch anderen Gesprächsstoff, nicht nur das Wetter …

* * *

Beim „Moritzer“ gab es im Stall wieder viel Arbeit. 18 Kühe hatten schon gekalbt, bei zweien war die Tragezeit morgen aus. Schorsch wollte diesmal früh schlafen gehen. Die letzten Nächte waren durch das Aufbleiben bei den Kälberkühen sehr kurz gewesen. Und dann noch der schlechte Kälberpreis! Ging es den Bauern in den letzten Jahren zu gut, und nahm man es nicht zur Kenntnis? Drohten die Produktpreise der Bauern generell in den Keller zu fallen? Wozu brauchte man die Bauern überhaupt noch?

Die Zukunft wird nur wenig Gutes bringen. Schorsch konnte oft lange nicht einschlafen wegen solcher Gedanken. Auch Magda, seine Frau, litt unter diesen trüben Aussichten. Dabei waren sie Großbauern …

„Heute ist diese Versammlung“, gab Magda zu bedenken, als Schorsch erklärte, früh ins Bett zu wollen. Das hatte er ganz vergessen. „Diese blöde Versammlung“, maulte er. Viel lieber hätte er sich ausgeschlafen. Er kannte diese Versammlungen. Aber er wird wohl doch hingehen müssen.

* * *

Hedwig Loser ist eine tapfere Frau und trägt ihr Leid mit Fassung. Sie arbeitet von früh bis spät und kommt dadurch weniger zum Nachdenken. Aber die Abende und Nächte …

Herr Geist ist auf dem Weg der Besserung. Ein bißchen bleich sieht er aus. Etwa eine Woche wird er noch im Spital bleiben müssen. Das wird ihm wohl eine Lehre sein – mit seinen Weibergeschichten. Er scherzt jedoch schon wieder mit den Krankenschwestern …

Über den Messerstecher (oder die Messerstecherin) weiß man noch nichts …

Herr Zickler trifft bestimmte Vorbereitungen. Es wird alles schnell gehen müssen. Und exakt. Kein Mensch wird ihn verdächtigen können. Keiner – nicht einmal seine Frau. Danach wird die Sache ihren Lauf nehmen und den Richtigen treffen, diesen verfluchten Moritzer! Nun wartet Herr Zickler zufrieden den Abend ab. Auch er geht zu dieser Versammlung.

* * *

Man begann nachzudenken. Dann meldete sich Schorsch zu Wort: „Wir wissen, daß ein Prospekt so gut ist wie seine Titelseite. Um die geht es." – „Also, was vorne drauf ist", meldete sich Klaus, der Wichtigtuer. „Ja genau, was auf der Titelseite drauf ist", bestätigte der Bürgermeister.

Man begann wieder nachzudenken ...

„Es ist zu überlegen, wie wir unseren Ort am wirksamsten vermarkten können", stellte der Tourismusobmann fest. Ja, das mußte gut überlegt werden. „Früher hat man oft die Kirche abgebildet. Aber heute ...", Max Stramm ließ die Antwort offen. „Oder die Musikkapelle!" meldete sich Fritz Lautgoschl, deren Obmann. „Was übrigens auch heute noch gut passen würde", fügte er rasch hinzu. Nun war etwas ausgesprochen, das Wirkung zeigte. Glaubte denn dieser Mann tatsächlich, seine Musikkapelle sei das Wichtigste.

Schorsch, der Moritzer, mußte sich beherrschen und sagte langsam: „Die Musik ist sicher wichtig in einem Ort, aber genauso wichtig ist die gepflegte Landschaft. Wenn wir Bauern nicht ..." Max Stramm unterbrach: „Das wissen wir, Schorsch, du erwähnst es ja bei jeder Versammlung. Sollen wir vielleicht eine Kuh aufs Titelblatt setzen?" Ein paar lachten.

Da ergriff Herr Zickler zum ersten Mal das Wort – und ergriff Partei für den Moritzer. „Schorsch hat schon recht, wenn er die Bedeutung des gepflegten Landschaftsbildes hervorhebt. Man muß allerdings versuchen, die Landschaft und die Kernpunkte unseres Ortes darzustellen." Nun wußten aber nicht alle, was er mit den Kernpunkten meinte.

Der Bürgermeister griff ein. „Man muß vorausschauen, immer einige Jahre vorausschauen. Wahrscheinlich sind wir dann um eine große Attraktivität reicher." – Langsam dämmerte es allen ...

Nur Schorsch war mit den Gedanken nicht ganz bei der Sache. Der Zickler war auf seiner Seite! Das verstand er nicht. Sie waren, seit er das Anwesen des „Joch-Toni" gekauft hatte, fast Feinde. Wohl schnitt keiner dieses Thema jemals an, doch auch ohne Worte wußte jeder vom anderen, was der dachte. Und jetzt gab ihm der Zickler plötzlich recht. Hatte er ihn doch falsch eingeschätzt?

„Aber wie soll das 'Happy-Sport-und-Luxus-Center' abgebildet werden, wenn es noch gar nicht steht?“ Klaus Pfiff ging das nicht ganz ein. Er verstand auch nicht ganz, daß es nicht „Luxus-Center“, sondern „Freizeit-Center“ heißen sollte. Auch andere verstanden es nicht, sagten aber nichts. Der Bürgermeister ließ sie noch zappeln, Diskussionen entstanden. Nach einem Weilchen gebot Julius Meier Ruhe, indem er mit einem Kuli an sein Bierglas klopfte. Alle lauschten gespannt. Nur Herr Zickler nicht. Der wußte schon, was kommen würde.

„Man könnte die Titelseite, vielleicht eine Ortsansicht oder was immer dort abgebildet sein soll, auch malen lassen.“ Ehrfürchtig blickten alle zu Julius Meier auf. Er verdiente es, Bürgermeister zu sein!

Ab diesem Zeitpunkt wurde die Stimmung gelöster, die Kellnerin wurde gerufen. Alle hatten Durst.

Dann beriet man weiter. „Es könnten ein paar Ziegen grasen in der Landschaft“, versuchte Klaus zu retten, was noch zu retten war. „Und einige Kühe und Schweine herumlaufen lassen in der Landschaft“, bemerkte spöttisch Max, der Feuerwehrkommandant. Schorsch registrierte zum wiederholten Male mit Unbehagen, daß sich Max abfällig über die Bauernschaft äußerte, schluckte seinen Groll aber noch einmal hinunter.

Fritz, der Musikobmann, heiterte die Diskussion wieder auf, als er sagte: „Man könnte auch etwas anderes hineinsetzen ins Gras ...“ Niemand wußte, worauf er hinauswollte. Über das ganze Gesicht grinsend, sagte er langsam: „Einen Hasen!“

Alle schauten verdutzt. Der Tourismusobmann blickte scharf herüber. Der Fritz aber grinste weiter ...

Da begriffen einige. „Du meinst wohl einen zweibeinigen Hasen“, vermutete Jakob Schlammberger.

Fritz brach in schallendes Lachen aus, und die anderen ließen sich anstecken. Tatsächlich, Fritz meinte einen zweibeinigen! Als das Gelächter endlich wieder verstummte, kam man ins Nachdenken, ins Nachdenken darüber, was Fritz vorgeschlagen hatte – einen hübschen, frechen, zweibeinigen Hasen. Die Phantasie der Obmänner begann zu blühen …

Um halb elf verließ der Bürgermeister die Versammlung. Er hatte seine Pflicht getan. Die Diskussion uferte aus. Der Alkohol trug das Seine dazu bei. Man benötigte die Kellnerin in immer kürzeren Abständen. Dieses Denken, Besprechen und Abwägen machte Durst.

Von den übrigen machte niemand Anstalten zu gehen. Fritz hatte mit seiner Bemerkung Feuer in die Debatte gebracht. Jeder trumpfte mit Vorschlägen auf, wie diejenige aussehen müsse, die ganz Sankt Franzen repräsentieren sollte. Nur Herr Zickler hielt sich zurück – auch beim Trinken.

„Die muß einen solchen Busen haben", meinte Klaus und deutete seine Vorstellungen mit beiden Händen an. „Zeigen!" rief Fritz. „Die muß den Busen zeigen!" – „Typisch! Du Lustmolch!" wieherte Klaus, und alle schrien und lachten durcheinander. Die Kellnerin hatte kein leichtes Leben mehr. Fritz versuchte mehrmals, sie zu tätscheln, und Max behauptete in einem fort, sie wäre gerade die Richtige für die Titelseite, denn ihr Busen sei nicht zu übersehen.

Die Stimmung wurde ausgelassener und derber. Dann verabschiedete sich Alfons, der Tourismusobmann. Herr Zickler bezahlte eine Runde Schnaps.

Man glaubte es zuerst nicht, als die Kellnerin den Spender preisgab. Der Zickler? Der hatte doch sonst immer einen Geiz. Alle schauten ungläubig. „Weil wir heute so eine interessante Versammlung haben mit so einem originellen Vorschlag", prostete ihnen der Zickler zu. Nun tranken sie alle. Und er schmeckte ihnen, der Hochprozentige.

Um halb zwölf waren alle dafür, nach Hause zu gehen. Der Zickler ging als erster. Die restlichen fünf blieben „noch eine Minute", weil Fritz unbedingt noch eine Runde zahlen wollte. „Weil, weil mein Vorstand, mein Vorschlag mit dem Hasen so ein, so eingeschlagen hat", stotterte er. Dann überfiel ihn wieder ein Lachkrampf.

Schorsch hatte Mühe, beim Hinausgehen dem Türstock auszuweichen. Er wußte, daß er viel zuviel getrunken hatte. Fast schämte er sich. Aber dazu war es jetzt zu spät. Auf dem Parkplatz kramte er in der Hosentasche nach dem Autoschlüssel. Als er ihn endlich gefunden hatte, fiel er ihm aus der Hand. Bei dieser Dunkelheit! Schorsch tastete den Boden ab, konnte aber nichts finden. Erst als er sich niederkniete und mit der Hand langsam über den Boden strich, fand er ihn endlich. Dann stieg er ins Auto. Versperrt war es ja nicht. Er versperrte es nie. Einen Moment überlegte er, ob er nicht doch besser zu Fuß heimgehen sollte, ließ es aber doch bleiben, startete und fuhr los. Er kam nur ein kleines Stück weit, da streifte etwas am Wagen. Schorsch hielt an, stieg aus, und im Licht des Autoscheinwerfers sah er, daß er den Jägerzaun, der den Parkplatz abgrenzte, mitgenommen hatte. Das würde er morgen gleich melden, nahm er sich vor. Dann fuhr er langsam und vorsichtig nach Hause.

* * *

Als Schorsch beim Moritzerhof ankam, brannte in der Küche und in der Stube noch Licht. Es war schon Mitternacht – oder noch später! Hatte doch eine Kuh gekälbert? Aber da müßte auch im Stall Licht sein. Er stellte sein Auto neben dem Haus ab. In die Garage wollte er lieber nicht fahren.

Als er die Haustür aufsperren wollte, stürzte ihm Magda entgegen. „Schorsch! Endlich! Hast du nichts gehört oder gesehen? Schau doch! Es brennt! Im Dorf!" Dann drängte sie ihn zur Haustür wieder hinaus, und beide blickten hinunter zum Dorf. „Da! Neben der Kirche!“ zeigte sie ihm. Sie zitterte am ganzen Leib und hing sich bei ihm ein. Auch Schorsch sah die Flammen.

„Erst vor ein paar Minuten ist die Sirene gegangen. Ich wurde aus dem Schlaf gerissen. Ich weiß nicht, wie oft sie gegangen ist, aber vier- oder fünfmal schon ... Und du warst noch nicht da!“ Sie blickte ihn an – nicht vorwurfsvoll, aber ängstlich. „Ich fürchte mich so ...“, sagte sie und fing an zu schluchzen.

Schorsch war mit einem Schlag nüchtern. Natürlich konnte er die Sirene nicht hören – im Auto. Und heute war er lange unterwegs gewesen ...

Das Feuer wurde größer. Funken stoben in die Luft, erleuchteten den Kirchturm. Man sah die Blaulichter der anrückenden Feuerwehren und hörte die Sirenen. Dazwischen ein Krachen. „Das sind die Dachplatten“, sagte Schorsch. Sie zerbarsten.

„Gehen wir hinein“, drängte Magda. Sie gingen hinein. „Diese verdammte Versammlung!“ fluchte Schorsch. „Du hast auch zuviel getrunken“, bemerkte Magda.

„Ja, das habe ich“, gab Schorsch zu und blickte seiner Frau in die Augen. Sie ist so gütig, dachte er und umarmte sie. So standen sie ein Weilchen. Das Läuten des Telefons erschreckte beide. „Wer ruft denn da noch an mitten in der Nacht?“ Unsicher ging Schorsch ans Telefon. Magda blickte ängstlich. Eine Stimme sagte: „Schorsch, siehst du denn nicht? Dein Haus brennt – beim Joch brennt's! Komm! Sofort!“ Es war der Dorfwirt.

Dem Schorsch war nicht mehr wohl zumute. Er mußte sich hinsetzen. „Beim Joch unten brennt's“, murmelte er.

Magda fing zu weinen an. Sie setzte sich zu ihm und umklammerte ihn. Jetzt hatte auch Schorsch Tränen in den Augen. Doch dann sprang er auf: „Ich muß hinunter!“ Und hetzte schon zur Tür hinaus.

„Bleib da, Schorsch, bleib!“ Er aber schlug bereits die Autotür zu. Er startete, wendete das Auto, kurbelte das Fenster herunter und rief Magda zu: „Geh hinein! Du brauchst dir keine Sorgen zu machen. Ich bin sicher länger aus.“

* * *

Magda ging ins Haus. „Nicht zu fürchten“, sagte sie leise zu sich selbst. „Das ist leichter gesagt als getan.“

Sie drehte das Licht in der Stube ab. Erst vor dem Haus hatte sie bemerkt, daß es noch brannte.

„Hoffentlich hat die Moit sich retten können“, murmelte sie. „Hoffentlich fährt der Schorsch nicht zu schnell.“

Endlich wurde das Feuer kleiner. Aber es krachte noch immer unheimlich durch die Dunkelheit, und die Funken stoben. Eine Kuh brüllte. Und noch einmal. Magda getraute sich aber nicht, in den Stall zu schauen. Alles war so unheimlich. Das Haus, das sie gekauft hatten, brannte …

Magda schaute zwischendurch in die Kammer der Schwiegermutter. Sie öffnete leise die Tür, die Mutter schien zu schlafen. Sie war schon alt und gebrechlich, immer auf Hilfe angewiesen. Von dem Drama im Dorf hatte sie nichts mitbekommen. Sie hörte fast nichts mehr. Viel lieber hätte Magda noch in ein anderes Zimmer geschaut, in eines, das noch immer leerstand – das Kinderzimmer. Magda ging die Stiege hinunter und legte sich in der Küche auf den Diwan. Tränen liefen über ihre Wangen.

* * *

Als Kind mußte Magda oft auf ihre sechs Geschwister aufpassen. Sie war die Älteste. Im Sommer, bei der Heuarbeit oder wenn die Eltern sonst zu tun hatten, mußte sich Magda mit den Kleinen beschäftigen. Sie tat es nicht ungern und konnte gut umgehen mit ihnen. Die Mutter lobte sie oft dafür, und einmal schenkte sie ihr ein schönes, seidenes Tüchl. Magda band es sich um ihren Pferdeschwanz, flocht es in ihre Haarpracht ein und bestaunte sich dann im Spiegel. In der Schule war sie an diesem Tag der Mittelpunkt; sie ging damals in die letzte Klasse. Kein anderes Mädchen hatte jemals ein seidenes Tüchl in ihr Haar geflochten. Alle schauten. Die Mädchen mit kühler Zurückhaltung, die Buben mit offener Bewunderung.

Später – Magda war siebzehn Jahre alt – ging sie mit ihrer Tante im Sommer auf die Alm. Jakob, der Mann ihrer Tante, war im Frühjahr gestorben. Er war selbst 30 Jahre auf die Alm gegangen, die letzten Jahre gemeinsam mit seiner Frau. Nun war Jakob nicht mehr, und Magda mußte ihre Tante auf die Alm begleiten. Anfangs war sie unglücklich darüber, ihren Vater aber kümmerte das nicht. Nach ein paar Wochen aber fand es Magda auf der Alm herrlich. Das Leben in der freien Natur gefiel ihr. Sie mußte zwar um fünf aufstehen, vier Kühe melken – die Tante molk in derselben Zeit sechs –, nach dem Frühstück ausmisten helfen und so weiter ... Auch am Vormittag gab es immer Arbeit, nachmittags aber hatte sie „frei“ für ein paar Stunden.

Wußte sie die ersten Tage kaum, was sie in dieser Zeit machen sollte – die Tante hielt ein Mittagsschläfchen –, so änderte sich das bald. Ins Dorf hinunter war es zu weit; es wäre ihr auch unangenehm gewesen, wenn der Eindruck entstanden wäre, sie halte es auf der Alm nicht aus. Da stieg sie einfach den Berg hinauf, und ihre Augen und ihr Herz begannen, die Ruhe und die Schönheit der Bergwelt zu erfassen.

Sie fand ein wunderbares Fleckchen unter einer Felswand – ein kleiner, runder, halbkreisförmiger Hügel in einem Meer aus Steinen. Im Frühjahr, wenn der Frost sich löste, stürzten immer wieder Steine herab, der kleine Hügel aber blieb frei. In fünfzig oder hundert Jahren würde vielleicht auch er unter vielen Steinen begraben sein. Noch aber war er da, mit Moos bewachsen. Es war kein richtiges Moos, man konnte jedoch gut darauf sitzen. Und dann diese herrliche Aussicht! Magda saß stundenlang da und träumte mit offenen Augen. Einmal trug sie Steine zusammen und baute „ihre Stube". Sie legte die Steine in einem Viereck nebeneinander, sodaß ein kleiner Raum entstand, kein richtiger Raum, nur eine Begrenzung. Die Tür ließ sie frei, obwohl sie auch über die Steinumfriedung steigen hätte können, aber Magda plante eine Tür ein. Durch die trat sie immer ein und fühlte sich geborgen in ihrer „Stube". Das Leben war so schön. Es sollte noch schöner werden für Magda.

Wieder einmal saß sie dort oben, barfuß, die Schuhe vor der „Stube". Die Sonne schien warm. Magda fühlte das grobe, dichte Moos unter den Füßen. Es kitzelte, aber es war auszuhalten. Plötzlich hörte sie ein Geräusch. Magda lauschte. Gemsen? Oder ein Murmeltier? Sie konnte nichts sehen. Da – wieder! Dann sah sie – ihn. Schnell schlüpfte sie in die Schuhe, sprang auf und – überlegte: Sollte sie davonlaufen? Hatte er sie überhaupt bemerkt? Er war noch etwa hundert Meter entfernt, kam aber auf sie zu. Magda war nicht ganz wohl in ihrer Haut, aber sie blieb. Der Mann hatte nichts Bedrohliches an sich, war noch ein kleines Stück entfernt. Sie kannte ihn nicht. Da rief er ihr einen Gruß zu – und Magda erwiderte ihn. Zwischen ungelenken Worten und schüchternen Pausen kamen sich Magda und Peter langsam näher …

Peter war Galtviehhirte auf der Alm an der anderen Seite des Berges. Er war kein Bauernsohn, aber Hirte von 70 Stück Galtvieh. Magda und Peter trafen sich wieder. Diesmal ließ Magda Peter in „ihre Stube" treten. Beide setzten sich. Als sie sich trennten, sehnten sich ihre Herzen schon nach dem nächsten Mal.

Dieser Sommer wurde Magdas glücklichste Zeit. Immer wieder ging Magda hinauf zu ihrer „Stube", wo Peter auf sie wartete. Sie hüteten ihre Liebe wie ein Geheimnis. Niemand erfuhr davon.

Dann kam der Herbst – und für Magda eine traurige Zeit. Peter hatte versprochen, sie daheim zu besuchen, aber er kam nicht. Hatte Peter sie so schnell vergessen? Ausgeschlossen – nach diesen zärtlichen Stunden in ihrer „Stube". Aus Traurigkeit wurde Sorge. War Peter etwas passiert? Es mußte ihm etwas passiert sein! Diese quälende Ungewißheit ...

Magda konnte ihr Herz niemandem ausschütten. Auch nicht der Mutter. Diese Liebe war ihr Geheimnis, und wer weiß, wie die Mutter reagiert hätte – obwohl Magda ein gutes Verhältnis zu ihr hatte.

Ein Jahr verging. Doch Peter kam nicht. Manchmal, wenn die Sehnsucht nach Peter besonders groß war, wünschte Magda, sie hätte ein Kind von ihm, einen kleinen Buben oder ein Mädchen, mit Peters Augen, diesen dunklen, unergründbaren Augen.

Die Jahre vergingen. Magda lernte den Moritzer-Schorsch kennen, den großen, herrischen Bauern. Es gab eine große und schöne Hochzeit. Ihre Eltern waren stolz, daß Magda Bäuerin wurde beim „Moritzer".

In ihrem Innersten dachte Magda manchmal noch an Peter, doch nach und nach erlosch sein Bild ...

* * *

Magda war nun Bäuerin auf dem großen Hof und führte mit Schorsch eine gute Ehe. Doch – es kamen keine Kinder. Dabei wünschte sie sich nichts sehnlicher. Sie suchte einen Arzt auf. Er fand keine Ursache. Ihre Hoffnung wuchs wieder, doch der Kindersegen blieb ihnen versagt. Und heute war sie schon bald vierzig. Langsam versiegten Magdas Tränen. Im Dorf unten brannte es noch immer ...

* * *

Als Schorsch im Dorf ankam, herrschte wilder Aufruhr. Feuerwehrmänner und auch andere Leute liefen umher, immer noch wurden Schlauchleitungen gelegt. Schorsch bahnte sich einen Weg durch die Menge, das Auto hatte er weiter draußen abgestellt. Da fiel das Holzhaus in sich zusammen.

„Wo ist Moit?“ fragte er die Leute. Doch die stammten nicht von hier und wußten daher nichts über deren Verbleib. Er fragte einen Feuerwehrmann, aber der zuckte auch nur die Schultern. Die Schaulustigen mehrten sich. Ein Mann filmte. Am liebsten hätte ihm Schorsch die Kamera aus der Hand gerissen.

Schorsch suchte den Feuerwehrkommandanten. Der mußte mehr wissen. Stramm berichtete ihm, das ganze Gebäude sei bereits in Vollbrand gestanden, habe lichterloh gebrannt, als die Feuerwehr eintraf. Es sei keine Möglichkeit mehr gewesen, in das Haus zu gelangen. „Wenn Moit nicht vorher flüchten konnte ...“, er sprach den Satz nicht zu Ende. Dann hatte Stramm keine Zeit mehr. Ein Gendarm nahm ihn in Anspruch, er sprach danach auch mit Schorsch, der in einer dumpfen, niedergeschlagenen Stimmung war und kaum hörte, was der sagte.

Langsam ging diese unheimliche, grauenvolle Nacht zu Ende. Im Morgengrauen begann es stark zu regnen, auch die hartnäckigsten Glutnester erloschen, und von den glosenden Holzresten des „Joch-Anwesens“ stiegen nur mehr Rauchschwaden auf. Einige Feuerwehrmänner rollten die Schläuche zusammen und verstauten sie im Feuerwehrauto. Sie wirkten übermüdet und sprachen wenig. Das Deprimierendste für sie war, daß sie kaum helfen hatten können. Sie konnten das lichterloh brennende Holzhaus nicht retten und, was noch schwerer wog, sie konnten auch die einzige Bewohnerin des Hauses nicht retten. Man barg ihre verkohlte Leiche in den frühen Morgenstunden.

* * *

Am Vormittag belebte sich der Unglücksplatz wieder. Leute aus dem Dorf, aber auch aus den Nachbargemeinden kamen, schauten und unterhielten sich. Zuerst lag Entsetzen und Beklemmung in ihren Mienen, das Reden und Diskutieren taute sie auf. Und alle beschäftigte die gleiche Frage: Warum war das Haus so schnell abgebrannt; warum hatte Moit nichts gemerkt? Das konnte nicht mit rechten Dingen zugegangen sein. Jeder dachte so, aber niemand sprach es aus.

Gegen Mittag traf der Bürgermeister ein, der Moritzer und ein paar unbekannte Herren begleiteten ihn. Die Brandursache sollte ausgeforscht werden. Anwesend waren auch Fritz Lautgoschl und Herr Zickler. Und keiner verstand, wie so etwas passieren konnte.

* * *

In Sankt Franzen ging die Angst um. Abends wurden die Türen früher versperrt – als ließe sich diese unheimliche Angst aussperren!

Warum brannte dieses Haus? Mitten im Dorf. Die arme Moit! War es ein Kurzschluß? Oder hatte Moit vergessen, den Herd auszuschalten? Und dann noch die „Hossl-Ev“ mit ihrem verdammten Teufel! Gibt es den Teufel wirklich? Als Kind hatte man Angst davor, große Angst. Aber heute? Es ist noch nie einer gesehen worden. Ja,mit dem Nikolaus schon, aber das sind verkleidete Burschen oder Männer.

Ist der Teufel bloß eine Erfindung unseres Religionslehrers? Oder gibt es die teuflische Macht, die Unheil und Verderben stiftet? Wie jetzt bei uns – in Sankt Franzen. Oder versteckt er sich gar hinter einer menschlichen Maske? Wer weiß schon die Antwort?

* * *

Das Begräbnis von Moit war nicht so feierlich wie damals das vom Toni. Es nahmen zwar viele Leute daran teil, doch die Stimmung war gedrückter. Der Pfarrer bezeichnete Moit in seiner Ansprache als stille, gute Frau – was wohl auch stimmen mochte. Dann predigte er noch etwas vom Verfall der Sitten, vom Schwinden von Moral und Nächstenliebe in der heutigen Zeit. Warum sagte er das uns? Soll er es doch jenen sagen, die andere schlecht behandeln oder umbringen.

So ein Begräbnis wirft immer wieder Fragen auf, zeigt, wie vergänglich das Leben ist. Und wie kurz. Für den einen etwas länger, für den anderen etwas kürzer. Aber immer zu kurz! Und trotzdem machen sich viele gegenseitig das Leben schwer, obwohl sie nur wenig Zeit dazu haben. Aber nicht alle sind so. Wir nicht! Wir sind nett zueinander, kommen dadurch allerdings nie in die Schlagzeilen.

* * *

Vorgestern haben auch wir eine Entscheidung gefällt: Wir werden unser Haus nicht mehr für uns allein haben. Wir werden auch vermieten! Schließlich will man nicht sein Lebtag lang unscheinbar bleiben. Und arm!

* * *

Magda, die Bäuerin des Moritzerhofes, kam aufgeregt nach Hause. Sie war Einkaufen gewesen und hatte dabei zufällig etwas gehört, das sie bis ins Innerste traf.

„Schorsch!“ rief sie aufgeregt. „Weißt du, was im Dorf unten geredet wird?“ – „Es wird viel geredet“, erwiderte er. Es ist ganz normal, daß nach so einer Katastrophe die wildesten Gerüchte entstehen. Jeder glaubt, genau zu wissen, was die Ursache dafür war.

Magda erzählte weiter: „Im Supermarkt unterhielten sich zwei Frauen, die ich nicht kenne, sie mich wohl auch nicht, über den Brand. Da sagte die eine: ‘Man hätte ihm so etwas gar nicht zugetraut; aber wenn einer so hoch versichert ist.’ Und die andere sagte: ‘Und Moit; er soll sich in letzter Zeit überhaupt nicht mehr vertragen haben mit ihr.’“

Schorsch wurde bleich im Gesicht. „Was sagst du da?“

Magda schaute ihn hilflos an. „Die Leute sind so gemein“, murmelte sie leise und lehnte sich an Schorsch; wie vor acht Tagen, als das Haus brannte, hielten sie einander fest umschlungen.

„Wir müssen einen Feind haben, einen wahnsinnigen“, flüsterte Schorsch.

Und Magda hatte wieder große Angst.

* * *

Der Winter verlief normal. Es schneite ab und zu, und die Leute gingen Schi fahren. Wir selbst haben keinen Lift – den haben sie bei uns verschlafen. Wir hätten zwar auch einen Berg, aber heutzutage – bei den vielen Grünen! Aber wir tun auch etwas für unsere Gäste. Wir haben einen Gratis-Schibus ins Nachbardorf! Unsere Hauptsaison bleibt aber der Sommer. Die Planungen für das „Sport- und Freizeit-Center“ sind abgeschlossen. In Kürze, im Frühjahr, wird der Spatenstich erfolgen.

* * *

„Hossl-Ev“ wurde von einem Auto überfahren. Sie liegt schon vier Wochen im Spital und weiß von nichts. Auch das Becken hat es arg erwischt. Sie wird wohl nicht mehr „richtig“ werden.

* * *

Hedwig Loser, geborene Schirhaggl, ist noch immer allein. Zwei Kinder, zwei kranke, alte Leute und ihre große Nase – da wird sich wohl keiner mehr finden ...

* * *

Der Moritzer, ja, der Moritzer-Schorsch glaubte, der Schlaueste zu sein. Zündet die alte Hütte an, verräumt damit gleichzeitig die alte Moit und will die Versicherung kassieren! Jetzt sitzt er in Untersuchungshaft.

Das war ein gewaltiger Paukenschlag, als sie den Moritzer verhafteten. Man munkelte schon lange, daß er es selber gewesen sein soll. Es gab aber auch genug, die so etwas nicht glauben wollten.

Daß Schorsch zu einer solchen Tat bereit war! Daß man nur so kaltblütig sein kann!

Schorsch wehrte sich und beteuerte seine Unschuld. Er beteuert sie heute noch. Verständlich, wer läßt sich schon gerne einsperren? Aber dem Schorsch fehlen fünfzehn Minuten. Für die er kein Alibi hat. In fünfzehn Minuten läßt sich einiges unternehmen, um ans große Geld zu kommen – oder auch nicht. Zuletzt soll er sogar soweit gegangen sein, daß er sich selbst belastete, „alkoholisiert" mit seinem Auto unterwegs gewesen zu sein. Deshalb habe er zur Heimfahrt nach der Versammlung länger gebraucht – zwanzig Minuten! Wo er doch sonst in fünf Minuten zu Hause ist. Geradezu lachhaft, daß er „gute fünf Minuten" nach dem Autoschlüssel gesucht haben will.

Natürlich wurden auch die anderen vernommen, die an jener Versammlung teilgenommen hatten. Doch keiner von denen war betrunken gewesen. Alle behaupteten dasselbe: Der Bürgermeister habe ihnen zuerst erklärt, worum es ging, dann sei sachlich diskutiert worden. Ja, man habe schon etwas getrunken. Wer will schon den ganzen Abend im Trockenen sitzen! „Zuviel“, nein, „zuviel“ habe wirklich keiner konsumiert. Man sei ja noch mit dem Auto heimgefahren. Warum hätte sich Schorsch, der sonst kaum etwas trinkt, ansaufen sollen?

Und wenn er sich vollgeschüttet hätte! Ist es nicht so, daß Besoffene besonders viel „Schneid“ haben und zu jeder Tat bedenkenlos bereit sind?

Schorsch kam jedenfalls nicht durch mit seinen seichten Argumenten. Auf Sankt Franzen fiel ein schlechtes Licht; jetzt soll er dafür büßen!

Magda glaubt nicht, daß ihr Mann schuldig ist. Sie besucht ihn jeden zweiten Tag im Gefängnis. Sagt man ...

* * *

Der „Donnerstagkaffee“ besteht nicht mehr. Vanessa hat ihn letzte Woche aufgelöst. Nachdem ihr zugeflüstert worden war, daß Marie-Helen mit ihrem, Vanessas Mann ... Wenn da etwas Wahres dran sein sollte, dann ...

Vanessa ist dabei, etwas besonders Hinterhältiges auszuhekken – für beide! Sagt man ...

* * *

Vom „Arbeit-Naz“ hört man überhaupt nichts mehr. Ihm geht aber sicher nichts ab im Narrenhaus. Da werden sie ja gut versorgt. Sagt man ...

* * *

Letzten Sonntag feierte Herr Zickler seinen 60. Geburtstag. Und entgegen seiner früheren Art „wirft“ er jetzt mit dem Geld um sich. Beim Dorfwirt gab er sogar eine kleine Feier, lud Leute ein und hielt sie frei. Der Bürgermeister und einige Gemeinderäte waren auch anwesend. Man überreichte ihm einen Geschenkkorb. Herr Zickler hat viel getan für Sankt Franzen. Sagt man …

* * *

Vanessa lebt nun getrennt von ihrem Mann. Es wird also doch etwas Wahres drangewesen sein an dem Gerücht.

* * *

Außer den geschilderten Ereignissen hat sich schon lange nichts Großes mehr getan in Sankt Franzen. Doch – etwas schon! Seit drei Tagen gibt es den neuen Prospekt von Sankt Franzen. Ein prächtig gelungenes Druckwerk. Die Titelseite ziert ein Bild unseres Dorfes – kein Foto, sondern auf moderne Art gemalt! Aber nicht von unserem kleinen Maler. Es hat nämlich etwas kosten dürfen …

Man sieht auch schon das „Happy-und-so-weiter-Center", den Kernpunkt, wie Herr Zickler sagt. Obwohl es noch lange nicht gebaut ist. Der Prospekt hat acht Seiten. Durchgehend in Farbe! Eine Seite schöner als die andere. Auch Text ist drinnen.

„Lieber Gast! Wir beglückwünschen Sie zu Ihrem Entschluß, Ihren wohlverdienten Urlaub in Sankt Franzen zu verbringen. Erholen Sie sich in gesunder, unberührter Natur, genießen Sie alle Annehmlichkeiten, die Sankt Franzen bietet, und fühlen Sie sich wohl unter freundlichen und liebenswerten Menschen. Auf Seite 3 finden Sie …"

* * *

Heute ist ein warmer Tag. Die Sonne scheint, der Schnee schmilzt. Ein neuer Frühling …

Sepp Kahn über Sepp Kahn

Als erstes Kind der Bauersleute Franz und Maria Kahn, Besitzer des Hofes „Osl" in Itter, bin ich am 8. April 1952 in Hopfgarten geboren.

Meine Schulbildung besteht darin, daß ich acht Jahre die Volksschule in Itter besuchte. Danach war unser Jahrgang der erste, der ein neuntes Schuljahr absolvieren mußte. Also habe ich den polytechnischen Lehrgang in Hopfgarten hinter mich gebracht.

Dann hieß es, daheim in der Landwirtschaft fest anpacken. Mein Vater war schon alt und starb 1969. Ich war 17 Jahre alt. Meine Mutter und ich – die jüngeren Geschwister halfen auch mit – führten den Hof weiter. Wir hatten zehn Kühe, ebensoviel Jungvieh.

1976, im Alter von 24 Jahren, übernahm ich den Hof und heiratete Maria, eine Bergbauerntochter aus Hopfgarten. Seit dem Tod der Mutter im Jahr 1980 bewirtschaften meine Frau und ich den „Oslhof" allein. Wir haben fünf Kinder. Einen kleinen Nebenverdienst verschaffen wir uns, indem wir eine Ferienwohnung vermieten.

Mit dem Schreiben habe ich begonnen, als ich 28 Jahre alt war. Warum – das weiß ich selber nicht. Zuerst schrieb ich vor allem Mundartgedichte, dann auch Erzählungen.

Ich bin sehr naturverbunden, schätze die intakte Familie und versuche, Fehlentwicklungen auf heiterkritische Art aufzuzeigen – oder ich lasse meiner Phantasie einfach freien Lauf.

Außerdem möchte ich mich als zufriedenen Menschen bezeichnen.

Die handelnden Personen dieses Romanes sind frei erfunden. Jede Ähnlichkeit mit lebenden oder verstorbenen Personen ist zufällig und unbeabsichtigt.